志壮乾坤

王学智 著

天津出版传媒集团
百花文艺出版社

图书在版编目（CIP）数据

志壮乾坤 / 王学智著 . -- 天津 : 百花文艺出版社，2023.10
ISBN 978-7-5306-8656-0

Ⅰ. ①志… Ⅱ. ①王… Ⅲ. ①长篇历史小说—中国—当代 Ⅳ. ① I247.5

中国国家版本馆 CIP 数据核字（2023）第 174310 号

志壮乾坤
ZHI ZHUANG QIANKUN
王学智　著

出 版 人：薛印胜　**责任编辑：**李　信
装帧设计：谢蔓玉　**特邀编辑：**韩玉龙
出版发行：百花文艺出版社
地址：天津市和平区西康路 35 号　**邮编：**300051
电话传真：+86-22-23332651（发行部）
+86-22-23332656（总编室）
+86-22-23332478（邮购部）
网址：http://www.baihuawenyi.com
印刷：涿州汇美亿浓印刷有限公司
开本：660 毫米 ×960 毫米　1/16
字数：203 千字
印张：15.75
版次：2023 年 10 月第 1 版
印次：2023 年 10 月第 1 次印刷
定价：59.80 元

如有印装质量问题，请与涿州汇美亿浓印刷有限公司联系调换
地址：涿州市东仙坡镇挟河村 1 号
邮编：072750

书是灯，读书照亮了前面的路；书是桥，读书接通了彼此的岸；书是帆，读书推动人生的船；书是光束，穿越时空把历史还原。唯有读书，人生才会更加精彩。

王学智

目　录

引　子　001

第一回　文昌翰怀才运不遇　风雨夜文与可出世　006

第二回　过公桥遭官人屈打　苦读书立志为社稷　013

第三回　刻苦学习笔尖生辉　乡试满分移花接木　020

第四回　游学走出永泰县城　打抱不平巧遇好女　027

第五回　巷子街与樊东冲突　文彦博持正义搭救　036

第六回　参乡考与可登第一　筹婚事素萍早倾心　043

第七回 名声扬太元观显艺 拒沉湎与可住石屋 052
第八回 进京赶考途经华阳 智斗劫匪平安前往 057
第九回 朝廷殿试名登第五 返乡任职樊东挡道 062
第十回 待阙间去盐亭讲学 光禄山草画退劫贼 068
第十一回 治理邛州勇于担当 灭族奇案顽凶伏法 074
第十二回 宦海浮沉奸佞作祟 静难节度履尽职守 080

第十三回 听谏言强边关防守 天大旱助百姓抗灾 088
第十四回 奉调入京连升两级 激流勇退请命邛州 093
第十五回 为社稷心系之庙堂 丁忧不忘百姓疾苦 104
第十六回 避宫廷嫌再回邛州 怀抱负与苏轼长谈 114
第十七回 斩断乡俗救人性命 再弃荣华深入基层 118
第十八回 濠州大旱文同找水 母病故再辞官丁忧 124

第十九回 安石变法伤害民利 再回地方创造佳绩 133
第二十回 徒知陵州勇敢作为 大胆改革旧貌新颜 139
第二十一回 四次奏章为民请命 锐意改革不忘初心 144
第二十二回 劝苏轼要与时俱进 识时务进退才自如 148
第二十三回 离陵州赴任兴元府 巧遇挚友畅谈文化 154
第二十四回 抓教育开创新局面 除黑恶重振兴元府 160

第二十五回 公休日赴洋州考察 北园地留下深印象 169
第二十六回 修筑城池仙家指点 儆示后人州城窝角 182
第二十七回 艺术俊卿风流人生 三十景诗誉满京城 190
第二十八回 深入地方调查研究 禀奏废除茶盐权法 196
第二十九回 破奇案文同再当先 抓邪恶兵伏筼筜谷 205
第三十回 洋州山河风清气正 一代廉吏名垂青史 212
第三十一回 回京城为国先除害 壮乾坤替社稷尽瘁 222
第三十二回 尾声 237

引子

永泰在盐亭县城三十公里处，地处川北大剑山山脉浅丘陵地区，横亘于嘉陵江、涪江的分水岭上，这里历史悠久、民俗独特，春秋战国时期处在蜀国和巴国的交界地带上，秦统一中国后，实行郡县制，永泰属巴郡。西汉时巴郡再分为西、东、南三郡，永泰属巴西郡（治所阆中）充西县。南北朝时期永泰为南北对峙的交界处。隋统一后，于公元583年废高渠县并入盐亭，永泰西划归盐亭，东部仍归巴西郡充西县辖。唐高宗武德四年（621）置永泰县，隶属梓州郡。

这里地理位置重要，它紧靠上古的“蚕丝驿站”，中古的“蜀汉驿站”，是北上阆中、南下巴渝的必经之地，亦是古来兵家必争之地，唐高宗赐名“永泰”。

北宋天禧二年（1018），永泰这个丘陵山区入春来雨水多，人们安度完春节，沉浸在大年十五十六的喜庆节日气氛里，随后就是连绵阴雨。真乃：

春雨春来早，二月杨柳飘。

大地皆复苏，永泰丰年兆。

进入二月的头一个节日就是二月二，永泰人过这个节日是很有讲究的，他们认为，二月二龙抬头，值得纪念一番，除了做爆米花，还做贡品祭，祈求来年风调雨顺 。

民间传说：人们在这一天要剃头，剃了头就剃去晦气，会时来运转。犹如龙抬头，腾云驾雾，横迹天涯。所以村民们哪怕行再远的路，也要到城里剃头，这已成为永泰人的习惯。

相传古代有一个皇帝耽误了祭天的时辰，玉帝便下令这个地方三年内不得降雨。连续的干旱让老百姓苦不堪言，龙王的小儿子青龙不忍见百姓受灾挨饿，于是偷偷给人间降了一场雨。玉帝知道此事后，把青龙压在一座大山下，并赋诗：

青龙降雨犯天规，当受人间千秋罪。
要想重登凌霄殿，除非金豆开花时。

从此青龙被压在大山下饱受人间苦难，天下百姓看在眼里痛在心上。到了农历二月二这一天，人们从家里拿出黄豆玉米种子进行翻晒，有个老人发现，这些黄豆和玉米很像金豆，于是老人把黄豆和玉米炒爆开了花。大家也都纷纷效仿，然后人们都把它供奉在庭院，玉帝看见家家户户都供着开花的金豆，只好下令赦免青龙，随即将大山劈成了两半，青龙冲破山石，抬起头腾空而起，从此有了二月二龙抬头的说法，演绎至民间。说这一天理了发，人会像青龙一样撞破山石，腾云驾雾，吉祥如意。诗曰：

二月二来龙抬头，理发洗面隔忧愁。

转运除厄好时光，腾云驾雾登高楼。

所以，这一天新兴里村民去永泰县城的人特别多，他们多数去是为了剃头。谁知这刚刚来临的春天偏偏与他们过不去，除早晨没下雨外，中午至下午一直下个不停，还越下越大。二月下大雨在永泰是很少见的，有人不禁抱怨说：“哎！这鬼天气，现在下什么雨？给人不方便。”也有人说：“这是春雨，春雨贵如油！”

永泰属于涪江流域，通往涪江支流的梓江水涨了。新兴里村的人们在城里买了防雨工具，下午从县城往家里走，到梓江边望着不断上升的江水只能望洋兴叹。有人去找船工问：“何时开船？”船工回答说：“为了安全，发洪期不渡船，这是行船的规定。”天渐渐黑下来了，要过江的人们急得团团乱转，有的人说：“不行咱们返回永泰县城去投个宿，等明天水势小了再回家。”

此时有人回答：“你看，天这么黑，路这么远，怎么进城哩？”

大家七嘴八舌争持不下，突然从路的对面走来了一行七八个人，他们来到江边，看到江水如此之大，也都是焦急无策。一个身高八尺，浓眉长脸，约莫二十八九岁的青年走出人群说：“大家不要着急，办法总会有的，我去找船工。”

人们听他这么一说，都安静了下来。突然有人道：“文昌翰，原来是你！这么大的雨你是从成都回来的吗？”

文昌翰看到那人，说：“噢！原来是大叔你！哎，这么多人被水隔挡住了。”

“是啊，这都是咱们村里人。”

文昌翰的大叔叫文西君，大个子、高鼻梁、长眼睛，做事利落，是文氏家族中年长者，也是家族中的族长，平时家族中的祭祀活动都是由他主持，在新兴里村民的眼里，文西君可是举足轻重的人物。人们见到他都会尊敬地称一声“文大叔”，其绰号叫“水怪”。

文西君“水怪”的绰号还是有点来头的哩！他在年轻的时候同本家族几个青年去盐井干苦力活儿，回来的路上天降暴雨，梓江洪水大发。文西君同几个青年犯起了愁，如果不过去，眼看天要黑下来，这里前后无人烟，怎么过夜呢！况且这地方也是常年野兽出没之地，恐遭野兽袭击。在这进退两难的当儿，文西君大着胆子说：“咱们互相搀扶着一起过吧，不然天黑了就更过不成了。手里都拄上棍子，人多力量大。”话落大家都赞同。随后他们就互相搀扶着下水向梓江对面走去，他们身上都披着棕衫，走到江心，一个浪头打来，文西君是站在上游的，脚下被石头一绊，便随浪漂走了。其余几个没有摔倒的便急忙上岸，沿着江边追赶搭救他，眼见得文西君在水里翻了几个滚就不见了。望着滚滚江水，几个同龄青年哭喊着说：“西君没了，西君没了！”他们几个跪在梓江岸边，向着江水方向磕头，祈祷上天保佑文西君能平安回来。

时间过去了很久，大家一直处在悲痛之中。他们有的认为文西君应该是被水夺去了性命，有的还抱着幻想向江水方向磕头祈祷，希望神灵保佑西君活着。正在他们几个极度悲观失望的时刻，突然从梓江的下游走上来一个人，浑身湿透，径直来到他们眼前。定睛一看，正是他们的西君哥。大家既吃惊又高兴，有的还流出了激动的泪水，从此他们就把文西君叫作“水怪”。

文昌翰望了大伙一会儿，说：“看来这水一时半会儿还下不去，我去找船工问问。”此时天已全黑，船工仍旧说水大不能行船，这是行船的规距，也是海航方面的规定。这样大家的希望就又破灭了。

文昌翰说：“既然都是咱新兴里村的，那咱们都往坭堡村去，我的姑姑家就在那里住，待上一宿等水下去了，咱们再回家。”

文昌翰的话使大家心头一亮，他们便沿着另一条小路向坭堡村走去。

几十号人来到他姑姑家，顿时屋子里便挤满了人。娘家人来，姑姑急忙去烧水做饭，直忙到天亮。

第二天永泰的天空果然晴了，新兴里村的乡亲，向文昌翰道谢，向文昌翰的姑姑道谢。文西君对文昌翰说：“昌翰你知道吧？咱们永泰有个俗话，‘修桥补路增福增寿，行便与人女荣子贵’。看来这次你夫人定会给你生个贵子，哈哈哈！”说完便向梓江方向走去。他们来到梓江边，水势已小了许多，渡船也重开了，文昌翰同新兴里村的人一同乘船渡江，回到了村里。

话说文昌翰祖上曾经也出过朝廷重臣，西汉文翁就是他们的先祖。文昌翰虽精通诗文，却怀才不遇，现在只在成都府做个临时差事以养家糊口，因妻子李氏身怀有孕，所以每隔几天都要回家关照妻子及父母亲。心地善良的文昌翰今天又给乡亲们解决了一桩愁烦难事，真是善德一件。

第一回 文昌翰怀才运不遇 风雨夜文与可出世

文昌翰与众人分开后向自家走去，文昌翰家居住在新兴里村靠西的半山腰的地方，门前有一条小河，河水常年流淌，最后七曲八折注入梓江，又流进涪江。文昌翰家祖辈虽都在朝廷任官员，但到他们这辈的时候因连年战火，国家不能安定，人民没能安居乐业，他虽饱读诗书，学有所成，然而书香不能致远，没有出人头地的机会。其家境并不太富裕，但庭院还比较宽阔，是经过祖祖辈辈人的修缮改造才成现在这样子，在新兴里村也勉强算是个大户人家。文昌翰边走边向自己家的方向张望，忽然一个身影出现在大门口，原来是他的妻子李月香站在门口寻他的身影。文昌翰快步走向前扶住妻子向里屋走去。文昌翰的母亲看到儿子回来，也很是高兴，连忙去烧水做饭。

文昌翰同妻子走进卧室，二人在床沿上坐定，他关切地问妻子："最近身体怎么样，有什么反应没有？"

妻子回答说："有，最近孩子一直在肚子里动，有时候劲儿还真大，瞧！瞧！现在就在用脚踢我呢！"

文昌翰急忙去看妻子的肚子，果真能摸到肚子在动，文昌翰高兴地说："孩儿呀，你莫着急，该出来的时候你就会出来的！"说完用手摸了摸妻子的肚子。

文昌翰调转话题说："哎！我说夫人，孩子何时能出生？"

妻子回答："大夫说是四月或五月。反正十月怀胎，大致是这个日期。但有的人会超期，有的人也会提前，十月就是个中间界限，这是因人而异，没有太准确的时间。"

文昌翰语重心长地说："府里安排我到陵州去一趟办公务，你可要等到我回来了再生，不然我是不会放心的。"

妻子说："你也真是糊涂，生产的事，是说等就能等的吗？说生就要生哩，哪能由得了你自己。"

这时文昌翰的母亲端着饭菜进来说："昌翰，这是谁让你去办的公务，难道他们就不知道月香身怀有孕吗？如今孩子快八个月了，你出去如何放心的下？再说，你一个临时人员管那么多事作甚呀！"

文昌翰急忙说："妈，您千万别去府里，这是我自己要去的，也就二十天左右便回来了，再说有妈在月香身边我怎会不放心的呢？您一辈子那么能干，这事更会处理好的。"

文母说："贫嘴！尽说好听的，哄妈高兴哩，我们吃饭吧！"文昌翰与妻子及母亲一起用餐，他说："这次我可以在家陪你们待上三天，后天我动身去陵州办事。"

永泰的天空乌云退去，太阳从东边的山顶升起，阳光照在大地上，显得雨后山青景秀，风光无限，不冷不热的二月天气是游山玩水的最好季节。吃过早饭文昌翰领着妻子，对母亲说："妈，今天天气很好，我和月香出去转转，午饭时候就回来了。"

文母说："走路慢着点儿，月香怀着身子你要扶着点，别可粗心大意，弄出些什么麻烦。"

文昌翰说："是，您就放心吧！"说完便向村外走去。

文昌翰与妻子来到一个废弃旧盐池旁边，文昌翰说："你知道这个是什么吗？这就是盐的产地，名叫盐池。唐代宗广德元年初春，诗圣杜甫追随与两川节度使严武认同宗姓的本州从事严震来到盐亭，寓居在县城西山麓的昙云庵，就写下了脍炙人口的《行次盐亭》诗篇。"诗曰：

马首见盐亭，高山拥县青。
云溪花淡淡，春郭水泠泠。
全蜀多名士，严家聚德星。
长歌意无极，好为老夫听。

妻子说："别说你还记得挺熟哩。"

"那当然了！我虽然没做官，可满肚里有学问，只是怀才不遇而已，不懂点诗文哪能在人家官府当差到现在呀！"

妻子说："平时问你总是不说，连妈都不知道你在成都府做什么差事，今天才知道你就是个杂工。不过杂工也不错，有活儿干总比待在家里好。"

"我是生不逢时！这战乱年代，国家用的是上阵打仗的青壮年，我们这些人才会被冷落的。"文昌翰对媳妇说。

妻子回答："无所谓，做官为民都是为了吃穿，咱们不计较官与民有什么区别那回事，好好干你的差事，不愿干了就回来种地。"

李月香听到丈夫只是一个临时当差的，并不感到轻视，还认为是很平常的事。她看了一眼脚底下，没有能绊着自己的东西，便一下子扑过去抱住了文昌翰。文昌翰被这突如其来的动作吓了一跳，也轻轻搂住自己的妻子。这时文昌翰的母亲看见了，她大声喊着："嗨！嗨！你们两个人怎么能胡来，当心肚子里的孩子！"

两个人听到母亲在喊，尴尬地对望了一下，向母亲的方向走去。

他们随母亲走进家里，香气扑面而来，文昌翰同妻子坐在客厅的八仙桌上，母亲端来了饭菜，并给儿子拿来了酒，三个人一起用餐，聊天，高兴得"哈哈哈"的笑声不时传出窗外。

这时门外有人进来说："昌翰，成都府派人来了。"文昌翰便将酒杯里的酒一饮而尽，走出客厅，看到是自己的老搭档杜林蓬和江怀玉，便急忙招呼他们进来用餐。用完餐后，杜林蓬说："昌翰，州府大人让你回府，说陵州那边急着让你去干活儿哩，看来你得提前动身。"

文昌翰踌躇片刻，只好对母亲及妻子说："妈，我该提前走了，月香的事全靠您照顾了，那边的活儿干完我才能回来。"

文母回答："好！你就安心地走，去干你的事吧。家里有娘，还有其他人照顾。"

这时妻子过去拉着文昌翰的手，似乎难舍难分。文昌翰安慰说："月香，我走后你要好好照顾好自己，有事多和咱妈商量，活儿干完我会尽快回来看你的。"

文母和妻子将文昌翰送出门外，望着他们上路向成都方向走去……

农历五月二十二的下午，永泰县新兴里的天空乌云密布，云海翻腾咆哮着。李月香在仆人的陪伴下，在村后散步。走着走着，距离村舍较远了，只见天空黑云四起，仆人说："夫人，我们赶快回家吧！您看马上就要下大雨了。”

李月香点头：“那我们快点儿往回走吧！”她们加快速度向家中走去，突然李月香感到自己肚子一阵痛疼，她对仆人说：“哎呀，我的肚子好痛！”

仆人一听，慌了，忙说：“夫人，可能要生产了，不行我叫人吧！”

李月香点点头说：“我不能走路了，你快喊人！”

仆人便大声向老屋方向喊：“快来人啊！快来人啊！”

文母看到天色变了，似乎要下大雨，也已经让人在四处寻找儿媳妇，听到仆人在呐喊，人们都向这边涌来，好不容易才把李月香弄回家，此时雨已下大。

仆人立即将情况告诉了文昌翰的母亲，文母派人冒雨去请来接生婆，接生婆洗了洗手，然后来到李月香的房间，做好接生前的准备工作，等待她的生产，但她迟迟不能生产。门外面的雨越下越大，还夹杂着雷鸣电闪，半个晚上过去了李月香依然没有生产，大家都十分焦急。

天快亮时，门外突然一道闪电，几乎照亮了整个夜空，紧接着就是一个惊天动地的大炸雷。响雷惊呆了屋里的所有人，被雷击中的恐惧念头在每一个人心头悬挂着，接生婆惊恐地说：“孩子怎么是立着的，两只脚先下来了啊！”

文母顿时吓出了一身冷汗，对儿媳妇说：“咋办呀！孩子是立着的，这会很危险的！”

李月香此时已满头大汗，在痛苦中挣扎着回答：“妈！别担心，听天由命去吧！”话落一个惊雷又撼天动地般在屋顶爆炸，突然孩子“哗啦”一声落地了。在场人的悬着的心才总算跟着落了地。

接生婆急忙收拾好孩子，转身给文母道喜：“恭喜夫人，你儿媳妇给你生了个胖小子。”顿时房内一片欢喜。文母给自己的孙子洗了澡，然后穿好衣服，放到了儿媳妇身边。她又逗了一阵小孙子，说：“大家都出去吧，让她们母子好好休息。”大家热闹一阵就散去了。

孩子终于出生了，文家在担忧和喜悦中迎来了第二天的阳光。

五月的永泰县正值三夏大忙季，文昌翰家土地比较多，虽有雇工也忙不过来，今年又添丁进口，所以可忙坏了文昌翰几个叔叔和大哥大姐们。永泰的风俗兄弟是不分家的，收到的粮食家族共有，吃多吃少自己领。平时吃小灶，家族有事吃大灶，尊老爱幼的习俗在文氏家族一直续传。因为三夏大忙季节，为了三夏工作，大家都在一起干活儿，一起吃饭。

文昌翰从陵州办差回来，看到全家人聚在一起吃饭干活儿，很是高兴，刚走进门，大家一拥上前给他报喜，七嘴八舌地说：“给昌翰报喜！给昌翰报喜！祝贺昌翰喜得贵子！”

文昌翰一听此话喜上眉梢，三步并作两步，来到妻子的房间，先安慰了一下妻子，然后就抱起孩子端详起来，不时“哈哈哈”地笑出了声。征得妻子同意后，他把孩子抱到厅堂众人面前，大家见了都夸孩子长得可爱。

这时他西君大叔说：“昌翰回来了，快给孩子取名吧！”

文昌翰望着他文家的父老家族在一起干活儿吃饭，便说：“他是我们文家的继承人，今天正好同文氏家族在一起，我们就叫他‘文同’吧。”脱口而出的名字博得文氏家族的一致认可。就这样，文同的名字就确定了下来。

六月二十三日，文昌翰给儿子做满月，新兴里村不少人家都送来贺礼，成都那边也来了不少的朋友，十余张桌子，座无虚席。文昌翰招呼完宾客，来到杜林蓬、江怀玉的桌子边坐下。这张桌旁还坐着他的大叔和家族中的几个大哥，他一一打招呼，互致拱手礼，举酒与之共饮。连喝几杯后，人们都兴奋了起来。

此时杜林蓬站起来说：“请诸位嘉宾稍作安静，我们请文昌翰先生给大家说两句。”

文昌翰站起来双手合拢举过头顶边行礼，谦和地说道：“各位父老、各位兄弟姊妹，你们不辞辛苦，光临寒舍，参与我儿的满月宴，文某深表谢意！这是乡亲们对我文氏家族的拥戴，也是对我们文氏家族的眷注，在此，我再次感谢各位父老、兄弟、姐妹，感谢各位高朋的光临，希望大家畅饮畅谈，珍重贵体！”说罢双手合拢举过头顶施礼。

他回到座位，举酒招呼说：“来，大家举杯！”人们都举起酒杯，一饮而尽。大家猜拳行令，畅饮开怀，直到太阳落到西边的天际……

第二回 过公桥遭官人屈打 苦读书立志为社稷

盐亭是嫘祖（轩辕黄帝的妻子）故里。嫘祖首创蚕桑法制衣裳、始兴嫁娶、崇尚礼仪、协和百族、帛化干戈、辅弼黄帝、奠定国基。她身上集中闪耀着中华民族“美、爱、和、善”的传统光辉，所以永泰人从黄帝时起，就有文化传承的德行，他们重视自己孩子的读书学习，不管家境贫富，只要稍微能过得去，就一定要送孩子们去读书。

永泰西南方向有一所私塾学堂，叫太元观。文昌翰家在永泰虽不算富裕，但是读书是其文家传统美德，家风家德传承要靠文化，所以文同到了能读书的年龄，就被送往太元观读书了。

太元观依偎在玉凤山北麓，在山峰映衬下更显得美丽壮观，东山的巍峨挺拔使太元观气势如虹地矗立在永泰县，更添了几分神圣色彩。

四月的太元观风景迷人，这一日天气晴好，先生带着学生们走出学堂望风而习文。他们一行数人来到玉凤山，遍地的菜花满目金黄，弯弯的梓江水清澈见底，巍峨的玉凤山上，翠竹苍绿葱郁。大家都被眼前的风光迷住了，有几个学生兴奋得欢呼雀跃。这时文同等几个同学向老师请求要去爬东山，先生看到同学们高兴的样子，便欣然同意了他们的请求，让文同带领大家去爬山。先生再三叮咛学生们注意安全，准时返回。

文同和几个同学高兴地给先生行礼、道别，一溜烟向东山跑去。

文同一行十余人登上东山，举目远望，永泰的美景尽收眼底，同学们的笑声随风飘向远方。他们兴奋，他们奔跑，他们呐喊：“东山，我来了！东山，我来了！”兴奋的声音在山间回荡。云在行走，鸟在飞鸣，东风浩荡，春意盎然，他们沉醉在玉凤山的美景中。

他们当中有一个叫樊东的孩子，是当今永泰县令樊维湘的儿子，由于他体型胖，走得慢，往往拖累其他同学的行走速度，脾气大还仗势欺人。同学们玩够了，要文同带他们下山，文同一声招呼，大家都跟随他而去。樊东落在了后面，大声喊叫道：“文与可，文与可！快别走，我走不动了。快来背着我走！”与可是文同的字。文同听见，只好和另一位同学走向樊东，二人搀着他向山下行走。

樊东对文同说：“你和赵刚背着我走吧！我实在走不动了，你们一人背一段。”心性刚直的文同最反感的就是爱仗势欺人的人，但看樊东一脸诚恳，就说：“好吧，那我先来背一段。”于是背起樊东就走。下山路本就难行，背人更不好行走了，上重下轻，弄不好就会一个跟斗翻下去。但是文同很稳当地一步一步地走着，走了四五十步后，他歇了下来，让赵刚再背，赵刚也毫不犹豫地背起樊东，其他同学都已走到山下了，看到赵刚背着樊东在走，便一齐高喊：“赵刚加油！樊东加油！赵刚加油！樊东加油！”

快到梓江边的平地上时，赵刚脚下一打滑栽倒在地上，把樊东一下抛在了地上。这让一向威风凛凛的县令公子感到没有面子，樊东大声指责赵刚，说他是故意的，还骂声不绝。赵刚从地上站起来走到樊东面前说：“樊东，摔着没有？我不是故意的，来！我来扶你起来。”话落，樊东从地上站起来，毫不客气地说：“赵刚你就是故意的。”

未等赵刚回答，他一下子将赵刚推进了梓江。只听“扑通”一声，赵刚就摔进水里了。先生看见了，一个箭步扑到江中去拉赵刚。由于水流急，水势太大，赵刚很快就被冲进江心，用手够不到了。江水大，大家都不敢轻易下去，眼看赵刚危在旦夕。此时，同学们喊声不断，有的同学四处找棍子、绳子，可是一时间什么也没有找到。

在这千钧一发之际，只见文同从江边竹林里拉着一根竹竿飞快地向赵刚落水处跑来，将竹竿一头向水中的赵刚递过去，一头紧紧握在自己手中，赵刚急忙抓住竹竿另一头，在大家共同努力下，赵刚终于被救了上来，危险才解除了。

这时大家齐声责怪樊东，牢骚谩骂声不绝于耳。樊东一个人坐在那里像猫头鹰一样呆呆地听着。文同来到他面前，严肃地说：“樊东今天就是你的不对了，人家赵刚背了你，你非但不感谢，还把人家推到江里，如果今天赵刚出了什么意外，你这一辈子都问心有愧！而且你还得受法，受法你知道吗？就是坐牢，那可不是个好滋味，你为什么不能以和相待他人呢？”

樊东听着听着，一下子恼羞成怒，指着文同说：“你文与可凭什么教训我？还拿什么坐牢来吓唬我？告诉你，我老子就是永泰县令。坐牢的事只有像你这号子人去坐！”说完直接拨开人群，向他家的方向走去。先生跟着喊叫他，他都不理会。

事后先生把人召集齐，将原情给大家讲清，并夸奖了文同机智救人的行为，然后师生一起向太元观走去。文同跟在学生后面，仍旧拿着那根竹竿，先生来他跟前，问：“与可你拿着那竹竿干什么？”

文同回答：“先生，就是这么一根竹竿在关键时刻救了一条人命，我要把它收藏起来，闲着的时候拿出来看看它，用笔画画它。”先生赞许地点了点头。

到了太元观，先生向山长汇报了春采活动的情况。山长听后很不高兴，责怪他说：“你怎么能得罪县令的儿子？咱们的吃穿用靠谁？咱们的办学经费靠谁？我说你简直不分五阴六阳！这下麻烦还在后头哩。”

下午散学了，同学们三三两两向自己家中走去。文同找了两根绳子，向刚才他拿竹竿的地方走去。原来他看到那里有许多丢弃的干柴，便打算用绳子捆回去一些，等学校不上课的休息日，再挑到城里去卖钱。

他把柴扛在肩上，一只手还拿着中午救人的那根竹竿，向家中走去。在通过一座江桥时，其他同学一走三跳的过了桥，文同扛着柴低着头只顾赶路，没注意迎面走来的官轿子。刚走到桥中间，只听“哧”的一声，他感觉划到了东西，便急忙将柴放到地上，这时走来一差人，看见正是文同手里的竹竿划破了轿子，不问青红皂白，举鞭就打。文同一把抓住差人的鞭子，问：“你为什么打人，我不是在给你们让路吗？这么宽的桥过牛过马都能过，难道你的轿子不能过？你这简直就是仗势欺人！”

此时官轿子停在了桥上，轿子里走出个身穿县令服的官人，中等个头，肥胖的身躯，原来此人就是樊东的父亲樊维湘。他瞪着眼睛骄横地问：“你是哪家的小子，还满嘴讲歪理，嘴硬就该挨打！”

转头命令手下人："给我好好地教训这小子！"

手下人用鞭子抽打文同，文同气急了，大声怒斥道："你这个狗官为什么要打人？为什么要打人？"

文同的正义喊声，招来了许多路人的围观，人群中有人说："身为县令打一个孩子，太不像话了！"

樊县令听到众人的议论后，命令手下人住手，只说了声："走！"钻进轿子，轿夫们抬着轿子灰溜溜地离开了。

这时，众人都来到文同跟前询问他受伤没有，十三岁的文同委屈地哭了。有人说："这个樊县令太不像话，一个堂堂县令跟一个小孩子过不去，真不配做一个父母官。"

文同的母亲李氏也闻讯赶来了，看到受了委屈的儿子，不知用什么语言去安慰，便问："儿子，樊县令为什么要打你？"

文同将今天发生在太元观的实情从头至尾说了一遍，大家听了都很气愤，异口同声地说这个樊县令简直是欺人太甚。

李氏说："儿子，别生气，今天你做得很对，你既然看到了这官宦老爷是怎么做官的，他们是怎么利用手中的权力欺压百姓的，你就记住这件事。你要好好读书，将来功成名就，一定要为平民做事。今日之事暂且让它过去吧！你要时时鞭策自己，让它变成自己向上的动力。"

文同擦了一把眼角的泪，坚定地对母亲说："妈！你的话我记下了，我一定会那样去做的。咱们回家吧！"文同捡起地上的柴火，和母亲一起向家里走去。

文同是个聪明的孩子，他之所以一直拿着这根竹竿，是因为这根竹竿在关键的时候救了赵刚的性命。他想，一根竹竿只要使点力气，随便就能折断，但是为什么顺着拉的时候，使那么大的劲儿也断不了呢？从此他爱上了竹子，画竹子，研究竹子。

文同一边上学，一边跟随当地的有名的画师学绘画。先生对文同所画的竹子很赏识，认为文同将来会成为一名绘画大师，常常鼓励文同说："与可，只要你坚持不懈、刻苦钻研，在绘画方面定会有大建树的。"文同听在耳里，记在心上，除顽强习字作文外，就是观察竹子，研究竹子，绘画竹子。

文昌翰知道了儿子挨打的事很是生气，恨不得立即到县衙门去找那个樊县令算账，但仔细一想民贱官贵，硬斗是会吃亏的。便只好回过头来劝说儿子："儿子别生气，这世道自古以来就是官贵民贱，我们要向高处走，更要以此为戒，好好读书，考取功名才能有出头之日。像我们文家的祖先文翁、文立那样去做官，去做为民的官。做官就要为善，做官就要为江山，做官就要壮乾坤。永远不做赃官污吏，永远不欺压百姓，永远不仗势欺人。"

文同对父亲说："父亲！我一定好好读书，考取功名，将来也要做官，做大官、做好官，做为民办事的官，一定清除那些欺压百姓的恶官。"

文父听到儿子这些铿锵有力的话语后心情久久不能平静，激动地说："儿呀，如果你将来真能做官，我一定重修文家祠堂，修编文氏家谱，把我们文氏家族人物的业绩记下来，存放千秋。我期待这天能早日到来！"

文同点头，并坚定地说："请父亲放心，我能！一定能！"

这一天，先生家中有事，便让同学们自己安排习作，也可以自由活动。时节正是春夏交替，大家都走出室外自由活动，唯独文同坐在那里习字。樊东来到文同跟前，扯着他要他一起玩耍，文同不肯，樊东说：“与可你可别后悔，你不听我的话，会让你吃亏在眼前的。”

文同一愣，忙问：“樊东，你凭什么让我吃亏在眼前，凭什么？”

樊东回答：“难道你忘了那天在桥上挨那几鞭子了吗？那就是我让人打的你，我在回家路上正好碰到我爹的轿子，我也就坐了进去。我给我爹说了那天发生的事，这时正好你从桥上过，我说打那小子，轿夫过去就给你了几鞭子？这下你知道凭什么了吧！”

文同气愤地说：“哎呀！你樊东真不知好歹！我帮了你的忙，你不记我的好处，还让你爹手下人打我，你可真没良心！假若那天不是我把竹竿递给赵刚，使赵刚得救，赵刚要是被水冲走了，你现在就已经吃上官司了！你这是忘恩负义，恩将仇报！”樊东无话可答，扭头就向教室外走去。

樊东走后，文同心里好一阵难过，抬头望着窗外的天空，心中隐隐作痛，望着樊东走远的背影，他自言自语地叹道：“这世界上原来竟有如此不讲道理之人，如此慌扭之事，如此遭暗算之情。”随后他无奈地摇摇头，长叹了一口气。

第三回　刻苦学习笔尖生辉　乡试满分移花接木

北宋时以科考制度选拔人才。在嫘祖屁佑的永泰，拥有着数千年历史文化，拥有着灿烂的精神遗产和人类文明史的延续，这里的人们更注重读书仕进。那巍巍山峦，空谷生烟，山涛奔泻，江水长流，正是他们实现科考梦想的风水宝地。

文同偶尔会想起官桥上被樊县令抽打之事，他既感到愤恨，又感到无可奈何，他决心化羞愤为力量，用知识丰富自己。他读四书五经，学习天文地理，他还写字绘画。大自然那美妙的风景常在脑海中浮现，人世间那古怪离奇的事常在眼前出现。他用文字把它们写下来，用绘画把它画下来，最后把纸稿和画稿放到一起存起来。慢慢养成了一种习惯，一年后就是一人高的一摞。

文同望着积累起来的书画稿纸，不禁感叹道："不知不觉中已经攒了这么高的一摞书画稿纸！真是不可思议。知识和学问不也是在不知不觉中积累起来的吗？知识是由时间积累而成，时间则是丈量知识高度的尺子。"他长长地叹了一口气，又来到了自己的书桌前开始学习。直到深夜，他伏在书桌上睡着了。

梦慢慢兮入景兮，情慢慢兮入神兮。昏黄的天空渐渐褪去颜色，突然呈现出一片碧绿，渐渐地又变成瓦蓝瓦蓝。一轮红日，渐渐升起在东山之巅，明媚的世界展现在这个风华正茂的少年梦境里。他犹豫，他彷徨，他振奋，他感觉自己生出了翅膀，猛然一跃，他就飞离了地面，缓缓升上了天空。那飞翔的感觉使他陶醉。地上的山川河流尽收眼中，万紫千红的世界就在脚下，他感到美妙至极。他似乎飞到了九霄云外，又仿佛飞到十万八千里外的五指山上。忽然一道闪电划破了浩瀚的长空，紧接着一声震撼天地的雷鸣，“哗啦啦……哗啦啦！”声音响彻寰宇。文同朦朦胧胧中似惊似醒，突然间意识到自己只是个凡人，怎能飞翔呢？他往下一看，自己身悬在高空中。该怎么着陆呢？

在这焦急万分的时刻，奇迹出现了。他在万里高空看见了自己的家，眼睁睁看到家门口一棵巨竹长上了天。他感到自己找到了回家的路，他张开双臂飞向自己家的上空，抓住这根硕大的竹子，双手把住那光滑的竹竿慢慢下滑到自己的家门口，脚刚刚一着地，他醒了。

原来是一个梦！文同感到奇怪，他望着眼前顿生无尽的感慨。唉，这人世间原来是如此的缥缈，如此的荒诞和不羁。他静静地躺在床上，慢慢地睡着了。

第二天天一亮，文同就起床了，他洗漱完毕，站在家门口望着门前的竹子发愣：为什么昨天晚上的梦中这棵竹子长上了天？文同想起了父亲曾经给自己讲过的李白梦笔生花的故事，父亲说：“一天深夜李白在睡意蒙眬中，一边吟诗，一边随风飘到了一座海上仙山。只见四周云海苍茫，花木葱茏。李白被大自然的美景所陶醉。

正在这时，一支巨大的毛笔耸出云海，足有十多丈高，像一根玉柱一样。李白心想：‘若能得此笔，以地为砚，蘸海水为墨，以天当纸，写尽人间美景，那该有多好啊。’就在他浮想联翩之时，忽然听见一阵悠扬悦耳的仙乐，看到五色光芒从笔端射出，接着在笔尖开放出一朵鲜艳的红花。那支生花之笔渐渐移动，朝着李白飘然而来。李白眼看那支光芒四射的生花妙笔越来越近，便伸手去取，当快要摸到粗壮的笔杆时，不觉惊醒，原来是一场梦。李白梦醒之后，反复回忆梦中情景，总想不出是在什么地方。他决心遍访名山大川，寻找梦中仙境。后来，李白云游到黄山，一见这支生花巨笔，不觉失声大叫：‘以前我梦中所见的生花巨笔，原来就在这里。’据传说，自从李白‘梦笔生花’后，名诗佳句便源源而出，一发而不可收拾。”

文同想到了这个故事，他认为自己梦见巨竹，也是吉祥之兆。他希望自己能和李白成为一代诗仙一样，在作画方面，成为一代大师。

从此他一边学习，一边栽竹，养竹，画竹，渐渐有了名气。文同在同龄的孩子中，不但成绩好，还有一技之长，那就是绘画。

永泰县三年一考的乡试开始了，文同与他的同学都参加了考试，准备开始自己的仕进之路。这一次是永泰县樊县令亲临太元观考场监考，他的儿子樊东也在这个考场。考试结束后，由樊知县亲自阅卷。他看到文同的卷子时，眼前一亮，他仔细阅读卷子，发现没有一处错误。当看到自己儿子樊东的卷子时，却有好几处错漏。他放下卷子，沉思道：这个文同就是在过桥时冲撞自己轿子的那个小子，一个平民的儿子就让他去继续做平民吧，绝不能让这个小子出人头地！于是，他在暗中调换了文同与樊东的试卷，结果文同落第，樊知县儿子考上了永泰县第一举人。

考试完毕，文同觉得自己发挥稳定，以为定能一举高中，却不想自己落第了。他找到书院先生，先生告诉他，这次阅卷是樊县令亲自阅的，如果有疑问，可以去找樊县令问问清楚。

无奈之下，文同鼓足了勇气去县衙门找樊维湘。可是每次文同登门，樊县令都以出外巡访，公务繁忙为借口谢绝会见。父母亲见文同如此伤心郁结，只好宽言劝慰。文同只得吞下了这口怨气。他想着公道自在人心，公理自有天照，他文同不会就此一蹶不振。于是他放下思想包袱，继续努力学习，争取下次应考，等待来日机会。

人在屋檐下，不得不低头。面对县令的欺压和刁难，他只能振作精神面对，淡静自若笑迎，不能让愁苦锁脸，把痛苦压在心底。每当夜深人静的时候，那些关于考试之事的痛苦会无形涌上心头，他情不自禁地从床上坐起来，自言自语地说："乡试三年才考一次，我这漫长的辛苦煎熬，就是为了这一天，却被小人篡夺了我的成果，我不甘心！"这种痛苦的情绪持续了很长一段时间，无形的痛苦折磨着一个初生牛犊不怕虎的有志青年的心灵。

文昌翰发现了儿子这个情况，生怕他气出病来。这天晚上，他来到文同的房间劝说他，道："儿子呀，凡事都要想开，一介平民面对达官贵人又有什么理可讲呢？三年后还会再开考，每次开考都有落榜生，但落榜并不可怕，可怕的是钻牛角尖，萎靡不振。孤注一掷向前行，就没有走不出的隧道，就没有爬不上去的高山。古往今来有不少忠君爱民的好官循吏，也有贪赃枉法的、坑害百姓的官吏，这些贪官污吏就是这万里江山的蛀虫，千里长堤的蚁穴。有他们的日日侵蚀巧夺豪取，国家就不会安宁，甚至会亡国。你既然憎恨那些恶吏贪官，就必须好好读书，争取将来入仕，进入庙堂之高，才能服务于江山社稷，才能清除恶吏贪官，才能实现忧其民而为其民。

我们文家世世代代做好事，尊重道德文章，帮助穷苦百姓，可惜自先祖文翁、文立之后八百余年没有出过达官贵人，实为憾事！儿呀，既然你有心仕进，那么重振家族荣耀的重担只有落在你的肩上了，相信你定能实现鸿鹄大志！”

这时他的母亲也来到了身边告诫他说：“儿啊！普天之下读书人成千上万，要想成就功名是一件很难的事。你要不怕困难，一直努力，再苦再难都要坚持，付出比常人更多的努力，最后定能直达目标。”

文同激动地回答道：“父亲，母亲，你们就放心吧，我会努力的，不会让你们失望，你们别为我操心，你们说的道理我都懂，我也想得开，这次考不上还有下一次，下一次考不上还有下下次，我总有考上的那一天。李太白曾说‘总为浮云能蔽日，长安不见使人愁’。于我而言，如今只盼浮云不蔽日，只等云开月朗时。万般皆下品，唯有读书高，既然同窗们都在努力读书，我也不会气馁，不会放弃。”

听到这里，文昌翰长长地出了一口气，悬着的心终于放下了。他很佩服儿子的决心和勇气，于是又鼓励了儿子一通。之后便和妻子一起走出了文同的书房。

一日文同正在书房读书，有一个邻居正好来文家借粮食，文母李氏将邻居迎接进屋，并说了好长时间话，然后拿着借的十斤米走了出去。文昌翰与邻居打了个招呼，暗自认为这样会影响文同读书。

待邻居走后，文昌翰想，儿子读书习字与全家生活搅在一处，势必会受到影响，必须给儿子创造一个良好的学习环境，以促进他的进步。文昌翰忽然想到了他家东山岩下连着石洞的房屋，他原先住过一段时间，那里偏僻安静，可以稍微收拾一下，那可是个学习的好地方。

天气晴朗，空气中弥漫着花香，雪白的云彩飘浮在天上，鸟儿自由自在地在高空飞舞。文昌翰突然站住了，他高高地仰起头望着飞翔的鸟儿，不禁浮想联翩。他想，我的儿子与可就如同这只飞鸟，或许有一天会高中状元，日近天颜。那将是我文家的无上荣光。文昌翰立刻走向东屋的柴房，把里面的柴和杂物清理干净，第二天又请人对房子进行了整修，几天以后，破旧的石屋已经焕然一新。

这天他把整屋天扎入书堆里学习的文同叫来，指着屋子说："儿呀！从今往后，这个石屋就是你学习的地方，这里很僻静，无人打扰，你可安心读书学习。"

平时话不多的文同，看着眼前焕然一新的石屋，脸上露出了笑容："父亲，这里整洁安静，正适合我读书学习。我一定努力，不辜负你的期望。"

几日后，文同将自己学习的资料及绘画的用具全部搬进了石屋，他白天去太元观上学，空余时间就在石屋读书写字画画。从此在外面根本看不到文同闲逛的影子，日子久了乡亲们都称文同为"石屋先生"。

为了研究竹子，他在自己家的房前屋后种上各种各样的竹子。除学习时间外，无论春夏秋冬，阴晴风雨，他都经常去竹林观察竹子的生长变化情况，琢磨竹枝的长短粗细，竹叶的形态、颜色。每当有新的感受，他就立刻回到书房，铺纸研墨，把心中的印象画在纸上。日积月累，竹子在不同季节、不同天气、不同时辰的形象都深深地印在他的心中。只要凝神提笔，在画纸前一站，平日观察到的各种形态的竹子立刻就浮现在他的眼前。所以每次画竹，他都显得非常从容自如，画出的竹子，无不逼真传神。当人们夸奖他的画时，他总是谦虚地说："我只是把心中琢磨成熟的竹子画下来罢了。"

文同对人和善大度，不计前嫌，他只顾学习，早就把樊县令过桥打自己的事忘到脑后了。一到学校后除了学习还是学习，对其他的烦心事从不在乎。

随着年龄的增长，文同渐渐关心起国家社稷的大事情，这一天他和同学及太元观的先生们闲聊，听先生们聊起西夏李元昊之事，他深感朝廷奸臣当道，只知一味避让求和，割让土地，输送钱帛，科考制度混乱，普天之下怨声载道。

只顾读书的文同听到这些消息，闷气在心，他狠狠地把桌子砸了一拳，把周围在座的同学和先生都吓了一跳。同学问："与可你怎么了？"文同回答："我是憎恨朝廷的奸佞，憎恨地方的污吏，想到了我被樊县令在桥上抽打之事。"

这时先生说："俗话说，读万卷书，行万里路。只知闭门读书是不行的。你该在外面多跑跑，见见世面，多结交名流，多交流知识学问，眼界会更广阔，知识会更丰富。"先生的一番话提醒了文同，他决定去游学。

第四回 游学走出永泰县城 打抱不平巧遇好女

三月牡丹呈艳态，壮观人间春世界。此时的永泰，春暖花开，风光无限。文同经过反复思考，又衡量了家中经济状况，他终于下决心要去游学了。

北宋游学的主要有士人阶层、僧侣阶层以及贵族子弟等。游学一方面作为他们通晓经术，拜访名师，乃至学而优则仕的一种途径，另一方面也促进文化交流，成就一批儒学大师。“游中未敢忘忧国”，“景物理趣、明性见理”是游学之目的，也成为北宋时期游学的特色。游学活动弥补了官学教育的不足，磨砺出一批名士硕儒。

文同告诉他的父亲母亲，说自己要去游学，看看外面的世界，结交天下文化学者，丰富自己的思想，以应对来年的乡考、会考、殿考。文父文母非常支持他的决定。文昌翰说：“你既已成年，也未曾出过远门，只知在家里读诗书，终究识见不远。出去游历一番，长长见识，带上你的文房四宝，将才学展示给天下的文人学士。”文昌翰为儿子准备好了笔墨纸砚和足够的盘缠，文母为其整理好换洗的衣服，让自己的一个年纪稍轻的朋友杜林蓬陪伴文同一起前往。

他嘱咐儿子：出门在外千万别惹是生非，一定要注意自己的行为举止。文同一一答应后，他们就出发了。

文同早就想到了一个人游学的寂寞，自己暗地里约好了朋友鲜于侁搭伴前往。

他们首先选择了盐亭县，三个人背着行李，向盐亭县进发。美丽的风景陪伴着文同鲜于侁出了新兴里村。鲜于侁望着前后无人，颇觉落寞，便对文同说："与可，咱们三个人去游学，不觉得人很少吗？既然是游学，至少有五六个人，一路上便于说说笑笑，该有多好，现在我们三个人不显得有点孤单吗？"

文同回答说："我们出来是为了释放情怀，开阔眼界，增长知识，格物致知。并非为了游山玩水。再说等我们到了盐亭，自然会结交新的朋友，人不就慢慢多起来了嘛。"

就这样文同、鲜于侁、杜林蓬三人边聊天边走，不多时，来到一条山沟旁。这条沟很长，听附近的人说叫常子沟。春天的气息依旧浓烈，处处散发着花香的甘甜味，他们陶醉在这清静优雅的三月情愫中。长期闭门读书的他们来到这陌生的地界，反而产生了一种格外亲切的感觉。平时寡言的文同，今天特别兴奋，他对鲜于侁说："子骏，这么幽静的山谷，这么幽美的自然，咱们几个放它几句山歌吧！"

鲜于侁回答说："咱们几个就唱川北山歌！杜叔和我们一起唱吧！"

文同回答说："好！咱们三个人一起来。"于是三个人扯起清脆的嗓子唱了一曲又一曲，清亮的歌声回荡在山谷间。

此刻真是极大的释放了他们心中长期压抑的郁闷，感觉到出门游历是多么的开心快乐。正当他们三人沉浸在唱山歌的快乐中时，文同忽然看见迎面跑来了一位年轻的姑娘，她仓皇失措，惊恐不已。

文同、鲜于侁和杜林蓬三人都感到纳闷：这荒野山沟里，怎么会有姑娘家独身一人在这里呢？此时眼前这个姑娘对着他们三人大声喊道："几位公子快救命！几位公子快救命！"文同赶紧拦住了姑娘，姑娘随即躲在了他们两人身后，不一会儿，山谷里便追来了一行六七个人，他们站在了文同他们面前，显然是来追这个年轻姑娘的。出于同情，文同问来人："你们这么多人，为什么追赶一个弱女子？"

来人回答："他是我家订过亲的媳妇，昨晚上连夜逃跑，我们才追赶到这里的，请诸位不要多管闲事，我们把她领回家去。"

文同与鲜于侁都是二十上下的毛头小伙子，血气方刚，一身正气，他们并不惧怕追赶者人多势众，而是想弄清事情原委，秉公办事。

文同转过身看这位姑娘，虽然穿着一身素朴的衣服，却端庄大方，窈窕美丽，她用祈求的眼神望着文同说："请三位公子千万别相信他们的话，他家因有钱有势，硬是逼着我父母把我嫁给他家的傻子。我的父母亲在无奈之下才答应他们的，不然他们就会逼债，加倍强收地租。他们这是强娶豪夺，仗势欺人！求三位公子一定要救救我。"

众人中又一个小伙子站出来，一脸嚣张地说："告诉你们过路的几个，她是我家用地租换来的媳妇，你们不要招惹是非，奉劝你们早点离开，少在这里磨嘴皮子，否则就会引火烧身。这是我们家里的事情，请你们快走！"同时摆出了一副强硬的姿态。

这个姑娘便据理力争："凭什么要追赶我？我并没有答应嫁给你们朱家的傻子，我们家欠你们的地租会给你们还的，为什么硬要抢人？你们这是仗势欺人，强夺民女，目无王法！我绝不会跟着你们去的！"她又向文同他们几个揖了一礼，道："也请几位公子救救我，让我摆脱这群恶人！"

这时候，鲜于侁对着男子说："你们这样子逼婚哪儿能成，她家欠你们的地租，等他们有了肯定会还上的。没有哪条法律规定用人可以抵债的事，况且大宋法律齐全，更有执法如山的法官，谁敢违背朝廷王法，国家定会追究其法律责任。"

那个男子刁蛮地冲将过来，举起拳头做出要打鲜于侁的样子。嘴里骂道："要你们多管闲事！我们只会用这个说话。"年轻气盛的鲜于侁被他那副样子激怒了，回答说："来啊，打呀！"那人一拳朝鲜于侁打将下来，鲜于侁哪里肯饶得了他，对着张牙舞爪的男子顺势向后一躲，然后向前一推，来人便是一个狗吃屎栽出去了。

男子眼见吃了亏，恼羞成怒，冲着同伙大声喊道："大家都给我上，给我教训这几个小子，我看他们是不见棺材不落泪，给他们点颜色瞧瞧，他们就安宁了。"六七个人蜂拥而上，对着文同三人大打出手。

俗话说"天有不测风云，人有旦夕祸福"。文同离家之前，父母曾叮嘱他不要惹事不要斗殴，而如今三人已彻底将父母的叮咛抛诸脑后，他们愤怒地挥舞着拳头，打得来人不得近身。

当架打得正激烈的时刻，当中两个人暗地互相示意，准备趁机抢走姑娘，于是同时向这个姑娘扑来。姑娘早有防备，手里抓了两把沙子向来人眼睛直接扔去，沙子一下子钻进了两个人的眼睛里。他们难受得躺在地上嗷嗷直叫。就在这时文同说："走！我们快走！"话落四个人朝着相反的方向跑去。

文同、鲜于侁、杜林蓬及陌生的女子沿着另一条路向盐亭县城方向奔去，他们跑了很长一段路，文同向后面看了看，见没有人追来，便对陌生的女子说："嗨！这位姑娘，这下你可以回去了。相信那伙人不会再追来了，刚才你都看在眼里，这伙人也吃了不少亏，你自可以放心地回家与父母团聚了。”

女子为难地回答说：“不行！我不能回去，回去他们还是会再找上门的，你们三位公子做好事就做到底吧！你们要去哪里，把我带上，我也吃不了你们多少，更花不了你们多少，还可以给你们洗衣服，帮助你们干些活儿哩！”

文同略加思索后回答女子：“请问姑娘芳名？”

女子回答：“小女子姓卫，永泰何家坪卫家老庄人，名素萍。”

文同说：“卫姑娘，实不相瞒，我们几人是出来游学的，准备来年的乡考、会考和殿考，哪能带着一个女子去游学呢？还望你三思而行，尽快回去吧！你的情况可报给当地官府，他们会为你做主的。”

鲜于侁插嘴说：“卫姑娘，我们帮助你是无奈之举，是出于对一位弱女子的同情，我们实在是有要事在身，无法带着你同行啊。请你还是及早回家吧。”

卫素萍顿时感觉重新燃起的希望又破灭了。他们要走了，他们要抛下自己走了。我该向哪里去呢？卫素萍的脸上滚下了两行晶莹的泪珠，她无望地看看文同，又看看鲜于侁、杜林蓬，多希望有神灵指点，告诉她这个天涯沦落人该往何处去。

面对卫素萍真切的眼神，他们几个都感到无可奈何。最终，鲜于侁道：“卫姑娘，你快走吧！我们还有要事赶路。”

卫素萍自言自语道：“我往哪里去呢？”她稍作停顿后，用手擦去了脸上的泪痕，斩钉截铁地说：“几位恩人，你们先走吧！你们走后我自有去处。”

于是，文同与鲜于侁、杜林蓬三位青年告别卫姑娘，向盐亭县那条路上走去。昏黄的夕阳照耀着他们行去的背影，卫素萍望着远去的几位恩人，心情一落千丈。

许久之后，卫素萍才开始朝着西北方行走。但她此行并没有目的地，也没有方向。她漫无目的地走到了湖边，她站住了，她想这湖可能就是自己人生的终点、归宿。她回想昨夜的逃亡，竟然是一场梦。倘若现在再回去，这一切的辛苦岂不是全白费了？

她站在波光粼粼的湖边，思绪万千。她憎恨起自己，憎恨起自己为什么偏要出生在这样贫穷而沦落的家庭？不能把握自己的命运。她在无望中挣扎，又在无望中下定了决心，不如早离开，早解脱，早转生去吧！她静静地望着西下的太阳，慢慢地走向湖心……

文同与鲜于侁、杜林蓬向着盐亭县城的方向走了一段后，回头再看卫姑娘，但是路上已无踪影。鲜于侁说："唉！我说与可，咱们把人家卫姑娘丢在路上，她如果寻个短见，咱们一辈子都问心有愧。"

文同也觉得鲜于侁说的有道理。他跳上一条高坎，四处张望寻找卫姑娘的身影，忽然，他发现湖边好像有一个人影，辨认不清。文同对着鲜于侁说："哎哎！你快上来看，湖边有一个人，看看是谁？"

鲜于侁伸出手，文同拉了一把，他站在高坎向着文同手指的方向瞭望去，大惊道："那不就是卫姑娘嘛！看来她要跳湖，寻短见哩。救人一命胜造七级浮屠，我们快救人去！"

话落，两个人同时跳下坎向着湖边跑，杜林蓬紧跟其后，边跑边喊："等一等卫姑娘！等一等卫姑娘！"

但是卫素萍听不到他们二位的呼唤声，只觉得身边的水哗哗作响，她既害怕又无可奈何，只好无望地向深水区继续走去，此时她的脚已够不到水底，全身在水里一上一下地漂浮着，一阵窒息使她意识到，生命已到了尽头。

文同一个猛子跳进水中，鲜于侁寻了一根竹竿打捞，一会儿时间两人就合力把卫姑娘打捞上了岸。文同将卫姑娘扶起放在自己的腿上，让鲜于侁在背上压，反复压了两三次后，只听卫姑娘“哗”地一声吐出了一滩水，终于慢慢苏醒了过来。文同坐到一边，一种难受与自责从脸上流露出来。

鲜于侁对卫素萍说：“卫姑娘你跳什么湖呀？如果你今天有个三长两短，不仅害得你父母亲伤心难过，你把我们几个人也给害苦了。要是官府找上门来，朱家必然会说是我们把你救走的，他们向我们要人，我们就会吃上官司，这是何等严重的后果，你图一时痛快，却会害我们几个人终生难以做人的！”

鲜于侁的一席话说得卫素萍惭愧不已，她也明白了自己寻短见会给帮助过自己的三位恩人带来麻烦，便立即给文同、鲜于侁和杜林蓬道歉说：“几位救命恩人，请你们不要生气，我只想到自己没有去处，回去会又落到朱家的手里，与其落到他们手里，还不如一死了之，所以才一时想不开。经鲜于公子这么一说，我才知晓其中利害。我太对不住几位公子了，我给你们道歉，我再不寻死了。”

文同望着西去的太阳，望着眼前碧波荡漾的湖水，望着眼前正春暖花开的盛景，又望望眼前这位浑身湿漉漉的卫姑娘，感慨地说：“卫姑娘，人死如灯灭，死了就什么都没有了，活着尚且还有希望。既然天意不亡你，盼望你重拾生活的信心和希望。”

卫素萍望着文同激动的情绪，脸上露出了尴尬悔恨的表情，说：“文公子，我知道了。”

文同与鲜于侁、杜林蓬商量了一阵子，最终决定先带上卫姑娘去盐亭，之后再给她找去处。

卫素萍用手捋着衣服上的水，听到几位公子有带着自己的意愿，立即正身平视，右手压在左手上，举手加额，深深鞠躬道：“多谢几位公子的收留，我一定会遵守你们的要求，不打扰你们正常的学习和交往，你们救了我的命，我会永远铭记在心，会用终生报答。”

文同禁不住赞叹：“好个知礼知恩的女子！”

文同看了看西下的太阳，说：“时候不早了，我们先赶路吧，不然到盐亭县会踏夜路的。”

话落，三个人就与卫素萍一起向着盐亭县走去。

他们一行在夕阳下山后才到了盐亭县城，他们在一家店铺给卫素萍买了换洗的衣服，然后在一家驿站住下，等待第二天与盐亭学堂取得联系，再开展学术交流。

天刚蒙蒙亮，文同就醒了，他穿好衣服，站在高楼的栏杆边，观望着盐亭县城的景色。盐亭是一座美丽的县城，要比他的家乡永泰县城大得多了，前面是一片竹林，鸟儿的鸣叫声音传进他的耳朵，顿时灵感触发，竹林在晨辉中十分美丽，他想一定要把它画下来，这是他来到盐亭县所捕捉的第一缕美景。

他顺手拿起自己的画笔、画纸，远眺驿站湖边郁郁葱葱的竹林，欣然动笔，一笔、两笔、三笔、四笔，一根鲜活的竹子就跃然纸上。他正在观察修改作品，突然感觉到后面有人。他放下画笔，转过身来，发现是卫姑娘站在自己身后，正在悄悄地观看自己作画。文同招呼说：“卫姑娘，你这么早就起床？”

“文公子不是比我还早吗？”她指着画对文同说：“我不知道你原来是一位大画家。你这哪里像是画，分明是从竹林里搬来的一根鲜活的竹子呀！”卫素萍心中充满对文同的欣赏与敬佩。

他俩的对话声惊动了鲜于侁和杜林蓬，鲜于侁、杜林蓬也来到了文同的画作前。鲜于侁惊叹道："哎呀，与可兄，好长时间未见你的新作，今日一见真是大开眼界，这竹子画得与真竹子别无二致！真是难能可贵、难能可贵……"

这时驿站何掌柜闻讯也来了，他看到文同的画，感叹地说："哎呀！文先生，你年纪轻轻怎么就画出这样好的画，真是罕见！谁说世间无才人，眼前之你学问深。请文先生将此画赠与我，您几位在我何家住店免费。"

这突如其来到的好事，令文同、鲜于侁、杜林蓬和卫素萍都十分高兴，文同不仅答应将这张画送给何掌柜，还承诺再给他画几幅。

何掌柜回答说："如果再画一定要付钱。"

文同说："书画作品是给有心人欣赏的，给同好者交流的，不是用来换取金钱富贵的，也决不能用书画作品趋炎附势巴结权贵，文化的高度在于'清操'，不能玷污。"

文同的回答令众人深受感动，鲜于侁说："与可的境界实在难得！令我等佩服！"

此时文同只是呵呵一笑，然后将这幅画折好送给了驿站何掌柜，何掌柜如获至宝，将这幅画拿进内室，收藏起来。

文同见他如此珍爱自己的画作，下午又画了一幅山水画，何掌柜更是感激万分，希望文同一行在他驿站多住些日子，但是文同一行人第二天便道别了何家驿站，向成都府方向走去。

第五回 巷子街与樊东冲突 文彦博持正义搭救

话说朱家一行七人追赶卫姑娘到常家沟，被文同、鲜于侁、杜林蓬三位年轻人救走后，他们几人无奈只得离开。回去后，他们将情况汇报给了朱员外，朱员外很生气，让手下人四处打探三位年轻人的下落和来头。他们走遍了永泰县，最后终于了解到拦路劫走卫家姑娘的三个年轻人正是新兴里村的文同、鲜于侁和杜林蓬。朱员外生气地说：“这几个年轻人简直不知天高地厚，出去游学竟然还管闲事！”朱员外心想：我朱家好赖也是永泰县的一号人物，怎能容得你们三个毛头小子胡来？他原想去找文同、鲜于侁的父母亲理论，后来一想这样岂不是不便宜了这几个小子，他联想到文家与当今樊县令曾有过过节，不如正好借此东风好好整整文家小子，以扬我朱家在永泰的威风，让永泰人认识一下与我朱家作对的下场。为了说动樊县令让其狠狠整治文同、鲜于侁、杜林蓬三人，他让管账先生准备了厚礼，三天后去永泰县送礼，请樊县令帮忙。

朱员外让家仆挑着礼品向永泰县城走去，到永泰县衙，朱员外给衙役说了来意，衙役通报后，让他们走进了县衙。樊知县拱手行礼，迎接朱员外，互致礼仪后，樊知县让手下人给朱员外沏茶。朱员外理直气壮地让仆人把礼品给樊县令呈上去，樊县令也不客气，接礼后，便问朱员外：“员外此行为何事而来呀？”

朱员外站起身来，走到樊县令面前，把事情的经过说了一遍。

樊县令本就看文同一家颇为不爽，听了朱员外的话后，他更是激动不已，说：“好！这个案子本县给你受理，让我儿子樊东帮助你去盐亭捉拿回这几个小子，明天做准备，后天出发吧！”

朱员外客气地拱手告别樊县令，满意地走了。他心里乐滋滋的，兴奋地边走边对仆人说：“这次我要让他文家和鲜于家吃不完兜着走哩，要让他们几个把我们送礼花掉的钱全部还回来。”

再说文同、鲜于侁、杜林蓬和卫素萍一行人从何家驿站出来，在盐亭县找到了同行游学的士子们进行了交流、学习，两天后他们向成都走去。特别是文同，他一直想见一见成都府知府文彦博。他对同行的三位朋友说：“杜叔，子俊，卫姑娘，这次到成都我们要去见一位重量级人物，他就是成都知府文彦博。”

鲜于侁说：“那可太好了，我也久闻文知府大名。只是不知我们如何去拜会他呢？”

文同回答说：“听人说，成都府文彦博是一位清官，一向不收别人的礼品，他是一位爱惜人才的知府，不如就按我父亲的意思，送给他几幅我的画作，我想这个他一定会收下的。”

鲜于侁说：“好！这正是风雅之物，相信文知府一定会收下的。”

卫素萍也说：“你前几日在何家驿站画的那幅竹图，就算是文知府看了也定会认为你是一位奇才。”听卫姑娘夸他，文同心里更觉美滋滋的。

成都沿路的风光很美丽，眼前树发新枝，春暖花开，远望高楼林立，城在咫尺，一朵朵白云飘浮在天空，一条条道路宽阔平坦，文同和鲜于侁不由得诗兴大发，吟诵起唐太宗李世民《秋日》诗来：

爽气澄兰沼，秋风动桂林。
露凝千片玉，菊散一丛金。
日岫高低影，云空点缀阴。
蓬瀛不可望，泉石且娱心。

经过几天行程，他们不知不觉间便到了成都，进城后，他们先找了一家旅馆住下，经打听他们居住的旅舍就在城中心，就在成都有名的巷子街附近，他们决定在这里先玩上一段时间，然后再进行下面的活动。

这日，几人正在巷子街闲逛，谁料，老同学樊东出现在他们几个人的面前。文同看见樊东，也不计前嫌，上前问候道："哎！这不是樊东吗？你也到成都了？你也是来游学的吗？"

樊东怒不可遏地回答："我哪有你们那么自在！我是奉公令来捉拿你们几个人归案的。请你们跟我走一趟永泰县。"文同、鲜于侁看到樊东来者不善，便问："为什么？你总不能无故抓人吧？"

樊东把樊县令说的话复述了一遍，然后说："你们还是跟着我走吧！"便招呼来人强行带走卫素萍。卫素萍哪里肯依，奋力抵抗，坚决不从，鲜于侁看不惯便上前阻拦，樊东一伙便拳棒相加，鲜于侁顺手从旁边地上捡起一根木棍还击，此时杜林蓬也加入到战局中，一群人打作一团。围观的人越来越多，场面一时失控，渐渐不可收拾。

这时候地方官吏将此事举报给成都府官衙，成都府衙立刻派衙役到巷子街，衙役们立即包围住了械斗现场，将参加械斗的全部人员缉拿，并押送到成都府衙监狱，等待来日审讯。这时候樊东跳着大声喊：“你们凭什么抓我们？我们是受永泰县令指派来捉拿人犯的，你们抓我们是犯法的，赶紧把我们放了！”

衙役回答樊东：“你不要再乱喊了，乖乖跟我们到成都府衙再说，府与县的关系你应该清楚！你是在成都府犯罪，可不是在你们县，岂能任由你们胡来？”一贯欺负别人惯了的樊东，第一次受到别人的训斥，他张嘴又准备反驳，被押解的衙役一个巴掌扇得他晕头转向。他第一次尝到狗子过门槛的苦处，挨了一巴掌，不敢再反抗，跟着被押解的人群乖乖行走。

成都知府文彦博得知巷子街有人聚众闹事，先让把所有人以闹事罪关了起来，让其思过，三天后再审案。

文彦博叫来昨天抓捕他们的衙役，询问了昨天的当街械斗的情况，衙役汇报说：“我们对抓进来的人经连夜审问，了解到了全部情况，共抓来了八个人，七男一女，当中有个叫文同的，他说他们是来游学的，来成都其主要目的就是找知府大人您，要向您请教学识，他还说准备了书画要赠送给您。”接着他把每个人的情况都介绍了一遍。

文彦博很早就听说永泰出了个名叫文同的画家，对画竹情有独钟，虽年纪轻轻，但画竹出神入化。他很早就有心去永泰见一面，没料想今天文同本人来了成都。他对衙役说：“着文同带上他的字画来见我。”

衙役得了文知府的命令，飞也似的来到监狱，打开狱门，殷勤地对文同说：“文公子，你可以出去了，知府大人让你回住处取回字画，到他的府上去，他要会见你。”

文同得此喜讯，激动地不知所措，问衙役道：“那同我一路来的其他人呢？”

衙役说：“文知府只说要见你，其他人还要接受审查后才能放他们。”文同对鲜于侁、杜林蓬和卫素萍说：“你们先别着急，等我向文知府说明情况，他准会放你们出来的，我先走了！”

文同告别了众人，三步并作两步地向住处走去，快速将早就准备好的字画拿上，向成都府方向跑去。

文彦博很爱惜人才，特别是对年轻才子更重视，他也已在府衙门口等着文同的到来。文彦博看到手里拿着字画走过来的文同很是高兴，向前走了几步问道：“哎！你就是永泰县文同吧！我是文彦博。”

文同喘着气，拱手行了一礼，回答道：“在下正是文同，文大人好！”

文彦博走到文同跟前，拉着他的手说：“很早就听永泰人说，那里出了个少年天才画家，今天终于见面了，走！随我到府衙大堂去！”两人一并排向大堂走去。

来到大堂中，文彦博请文同展示字画。文同打开手里了字画。一片鲜活的竹林展现在文彦博眼前，他简直不相信这是画，恍若在纸上放着真正的竹子，他触手去碰那画纸，才恍觉那确乎是一幅画。他感叹地说：“文与可襟韵洒落，真是晴云秋月，尘埃所不能到！这画栩栩如生，跃然纸上，你小小年纪怎么有这么深厚的功笔。你的诗作我也读过，写得亦很好。”

文同被文彦博夸赞，十分高兴，他激动地说：“谢谢知府大人的夸奖，我会努力的，决不辜负大人的期望。”紧接着文彦博又问文同："你既是来成都游学的，为什么又跟别人打架斗殴？以后有何打算？"文同一一作了解答，并特别说明了半路遇到卫姑娘的事，及在巷子看热闹时与樊东打架的全部经过。

文彦博听了文同的陈述，立即吩咐衙役去监狱释放鲜于侁、杜林蓬、卫素萍，并让他们都来成都府衙。而樊东那伙人则继续收押，等来日再作提审。

鲜于侁、杜林蓬、卫素萍从监狱来到成都府衙，拱手给文彦博行了大礼，文彦博一一问询他们当日发生之事。几个人的话说完，文彦博认为四个人的口径基本上一致，断定械斗之事责任不在他们一方，便将几人释放了。

文彦博是惜才爱才之人，便在中午邀四位青年学子吃午饭。席间，文同向文彦博说出了前年自己乡考第一却被樊县令偷梁换柱的事情，文彦博听后，大怒道："世上竟有如此荒唐之事？从今往后一定要加强科考制度的管理，决不让此类事情发生，一定要将在科考舞弊的官员罢免问罪。"他鼓励文同、鲜于侁说："你们要好好读书，将来报效国家。"又对卫素萍说："卫姑娘做得对，抢亲、逼婚之事，不合国法、礼法，你一个女子有此胆见，属实难得！"

文同、鲜于侁、杜林蓬和卫素萍四个年轻人，此时此刻压在心头的石头终于落地了。文彦博将文同送给他的书画作品传示给成都府学（也就是由汉代文翁创建的学官"文翁石屋"），让学子们作为范本学习观摩。在文彦博的安排下，文同一行人游历了成都府学，到文翁祠做了祭拜，并与府学学子们进行交流，"文翁石屋"的学子们争相传颂文同的诗文及画作，心悦诚服地赞颂文同，一时间文同的才名传遍四川。

文同一行人又在成都府开展了各项游学活动，他们结识了许多新朋友，如成都府学教师郭友直（多年后结为儿女亲家），他拜结武侯祠和杜甫草堂，在大慈寺甘露道场与惟中禅师讨论五大经义，又在楞严院观摩蜀中广汉画师刘允文在释迦牟尼殿壁描绘中国佛教禅宗大祖慧能像，刘允文人物画里的明暗处理，用笔方法，使文同深受启发，使文同的绘画技能实现了质的飞跃。

第六回 参乡考与可登第一 筹婚事素萍早倾心

文同、鲜于侁、杜林蓬和卫素萍一行在成都双流学堂、世宗学堂、宜兴学堂等地游学，六个多月转瞬即去。时间很快到了八月份，但是他们游学还得继续，这一次他们所要去的地方叫清水河学堂。第二天吃过早饭，文同一行便出发了，从宜兴去往清水河。

走着走着，一条清澈见底的浣花溪流出现在面前，那潺潺的流水在日光的映照下闪烁着碧光，溪旁的花草葱郁而茂盛，弥散出雅逸的氛围和盎然的生机。鲜于侁不由得又触景生情，又高声唱起了川北民歌。

文同对鲜于侁说："子骏，依我说，你还是别再唱了，你看当初咱们走在常家沟，把山歌这么一唱，唱出了个卫姑娘。你再唱，别再唱出个张姑娘、李姑娘来，咱们三个人负担得起吗？"

鲜于侁点了点头说："与可说的不无道理啊！真别再来个张姑娘、李姑娘，咱们就真没辙了。"

杜林蓬笑着说："真能唱出个张姑娘、李姑娘来，你俩一人领一个回去，父母亲也会很高兴的。"

“哈哈哈哈！”三个人都大笑起来，唯有卫姑娘脸红一阵紧一阵，尴尬地转向了另一边。

他们继续向前行，黄昏时分，夕阳映照下的清水河泛着粼粼的金色波光，一丛翠竹芭蕉依偎着土墙竹窗，留下了满壁绿荫。原来是到了清水河学堂。他们拿着成都府的公文在清水河学堂登记后，很快就安排好了住宿，因一路的行路辛苦，他们早早洗漱后就休息了。

第二天早饭后，他们就开始正式的学术交流。按照安排，今明两天进行的是文化艺术类交流；第三天、第四天进行的文学、地理学方面的交流。以后数天进行的是天文学和算术学的交流。交流的办法是：先由游学人显艺，清水河的学生观看、学习，每个人显艺完毕后，再由众人进行点评，然后由游学人出绘画题，再让清水河学生完成绘画作业，最后由游学人给学生评分。其他科目也是按照同样的方法进行。

司仪说：“首先由游学学子显艺，第一位是鲜于侁。”鲜于侁走上画台摊开画纸，摆好笔墨纸砚，冷静地仰头思索片刻，然后挥笔直书。只见他从左至右，莽莽天宇、恢恢地轮，大自然的纯色从他笔尖挥洒而出，天上的云走霞飞，地上的山耸泉注，植物的抽丝吐绿，瞬间跃然纸上，形诸笔墨，笔底万象，挥洒自如。他落笔已是满头大汗，当他将画笔放下的时候，掌声“哗啦”地响起。大家都赞美鲜于侁画得太好了。这时有一个学生指着文同，小声对同伴说：“不知他那个同伴画得怎么样？估计混家的时候可能多。”文同也把此话听在耳中，但他依旧不发一言。

司仪又宣布由文同上台显艺。文同缓缓走上台，不慌不忙地摊开画纸，调好各色颜料，欣然拿起笔，略作思考，然后挥笔，只见他哗啦一下，将颜料洒泼在纸上，然后笔走龙蛇，不一会儿，一幅完整的竹林图摆在眼前。画上的绿竹沐浴在蒙蒙细雨之中，竹子的枝头微微低垂，竹叶在风雨中慢慢飘落，它们端直、挺拔，又似在风中婆娑起舞。台下众人看过赞不绝口！大家纷纷指点着画，评论着人，把显才艺活动推向了高潮。

活动结束后，清水河的街头巷尾到处流传着文同与鲜于侁的轶事，文同他们成了清水河百姓谈论的焦点。

文同一行离开成都府后，文彦博便命人去查永泰县樊维湘县令在乡考中舞弊之事，经查，乡考舞弊行为属实。文彦博免去了樊知县的职务，樊东也因参与舞弊，且支持地方恶势力，强取豪夺民女等数罪被惩处。

从此，卫素萍解除了被逼婚的后顾之忧，她跟着文同、鲜于侁、杜林蓬游学回到永泰后，一心想去文同家，还说哪怕做仆人也愿意。文同无可奈何，却拗不过倔强的卫素萍。文昌翰去卫素萍家中与她父母商量此事，卫家本就穷苦，父母亲自然也同意了女儿的请求，让她留在文家帮忙做些家务，从此文家就多了一个卫姑娘。卫姑娘不但人长得漂亮，还勤快能干，文同母亲李氏很是喜欢。

文同回到家后，向父母亲述说了游学的情况，特别是见到了当世有名的大人物文彦博，对他影响很深。他准备好好写一篇游学的文章，写一部关于文彦博治理四川的通鉴。他踌躇满志，心情久久不能平静，一年多来经历过的事情在脑海中反复出现，他感叹道："唉！这世事真是难料啊！说变就变，说翻就翻。"然后他慢慢走出家门，向自家房后的山梁走去。

他站在高高的山峁久久凝视着眼前的景色：一览无余的蜿蜒山脉，纵横交错的大江小河，宛如蛛网的乡间小路，蔚蓝天空中飘浮着白云，乡间屋顶冒出袅袅炊烟。这一切无不令他感慨万千，他觉得此时此刻眼前的世界就是人生向往的境界，高天致远的风景就是他将要登攀的征程。突然，头顶一只雄鹰掠过，吸引了文同的注意力。他看着雄鹰忽地俯冲到地面，瞬间从草丛中抓起一只野兔飞向蓝天，渐渐消失在视野的尽头。他不禁为雄鹰的勇猛感叹！他想到自己，我为什么就不能像雄鹰那样在天空翱翔，以纵览天下景，以感受天地壮美！我要像雄鹰那样，飞向万里高天，去描绘人生的蓝图，以实现为民请命、报效祖国的理想。而要实现自己的理想，只有通过科举考试，否则什么想法都只能是一场空。他早已下定决心准备迎战明年的乡考。

这天晚上，已经很晚很晚了，文同房间里的灯依然亮着，原来文同正在挑灯夜读。他想起临别的时候，文彦博对他说："文同呀，你好好准备，明年参加乡考，到时候我会来永泰视察考场的。"这句话始终记在文同心里。有文彦博大人来永泰视察考试，就不会再出现考场舞弊之事，就不会再出现樊县令舞弊那样的事件。想到此节，文同用手狠狠地拍了一下自己的头，要自己保持专注，不要走神。他正了正身子，继续投入到文章的写作中。

他的一举一动都被素萍从门缝偷偷看在眼里，她想上前去宽慰文同两句，但又不敢打扰，只好提着水壶呆呆地站在那里张望。

实际上卫素萍执意要给他家当仆人的目的就是看上了文同的人品，怀有春树暮云之心，但是心高志远的文同根本就没把个人私情放在心上，只是对她处境的同情而已，没有非分之想。卫素萍感到文同像个木头疙瘩，连一点讨好的机会都没有给自己。她壮着胆子走进文同书房，放大了声音说："文公子，喝点水吧，你也太用功了，简直是废寝忘食，我在你门口站了好长时间了，你一点察觉都没有。"

文同回答说："你来就来吧，为啥要躲在门口，这么长时间了，你总该了解我了吧！"

卫素萍说："知道，我不打搅你了。"说罢走出了文同的书房。

文同根本就没理会她话中的意思，又埋头写他的文章。时间又过了许久，他的文章结尾了。无聊之中，他又提笔写了几句打油诗：

笔墨悄悄行，一女站门中。
不知意中啥，留下木字情。
韶华方负重，思杂误前程，
不漏青春雨，乾坤在心中。

他在纸上胡乱写完，随即又揉成一团扔到了一边。然后离开书房去休息了。

其实卫素萍的心思，早被文同的母亲看在眼里，但是为了不耽误儿子的学习，她把这件事一直压在心底。

腊月二十八这天，曾经的岁暮天寒、雪虐风餐褪去了，终于晴空万里，暖阳高照。李氏拿出被褥准备拆洗，以迎接新年的到来。卫素萍也来到李氏的身边帮忙。由于天气晴好，拆洗的被褥第二天就全干了。李氏和卫素萍在地上摊开一张竹席，缝起被褥来。二人聊起文同，都打开了话匣子。卫素萍在李氏面前说了文同许多好话，从文同的画作谈到文同的学业又谈到文同的为人，把文同夸赞了个遍。

李氏问："那你是不是看上我家文同了啊？"

卫素萍坦诚地答道："对呀！就是不知道我能不能高攀上文公子？说实话，自从与可帮助我打退朱家那伙人之日起，我就中意他了，只是不好明说。今天正好有机会向您说说我的心思，不知道大婶您看我怎样？”

卫素萍这么一说，把他们心中隔着的窗户纸捅破了，文同的父母亲也早有此意，一直隐藏在心里，只是不知道儿子是怎么想的。李氏便坚定地对卫素萍说：“好！这是一件好事！我要和你叔还有文同商量一下，才能给你回话。现在文同正在准备乡考哩，只能等他考完了才好说这些话，以免分散他的精力，对考试有影响。”

卫素萍回答说：“行！只要有您这句话，等到啥时候都行。”

转眼间就到了来年八月份，距八月中旬的乡考越来越近，文同已做好了乡考的所有准备，他的心中充满了期待，充满了希望，他坚信这次乡考在文彦博知府的严格监管下会有很好的结果。

庆历六年（1046）八月十八日，乡考开始，考场设在梓州永泰县，文昌翰便让自己的好友杜林蓬去给文同陪考，卫素萍也想同去，但被文同拒绝了。

文同与杜林蓬来到永泰一家距考场不远的旅舍住下，收拾妥当后，两人便休息了。

这次乡考非同寻常，因为这是樊县令被撤职，永泰新县令上任后的第一场考试，所以各项管理十分严格，成都府知府文彦博也来到了梓州考场。经过两天紧张的考试，文同终于回到旅舍，只等待考试揭榜的那一刻。

过了几天，文父、文母及卫素萍都来到梓州城，他们迫不及待想知道文同此次乡考的结果。他们住进文同所住旅舍附近的一家旅舍，等待官府揭榜的日子。

九月中旬的一天，天气晴朗，旅舍掌柜从市场回来，一进门就大声喊：“住在本店的考生们，乡考已开榜，你们快去看看榜上名单吧！”

住在旅舍的考生们都急急忙忙地端整仪容，在同伴的陪同下向梓州府学考试的张榜处走去。文同和文父、杜林蓬及卫素萍的陪同下也来到张榜处。他们四双眼睛紧盯着公布的榜单，这时，卫素萍大声喊道：“哎！文公子，文公子，快往上看，你可是第一名啊！”

这时文昌翰举目向榜首一看，果真是“文同”两字，激动得不知所措。杜林蓬也看到了，激动地一下子抱住文同。周围人瞧见了，都向文同表示祝贺。

文同及其随行回到旅舍，整理好行李准备回家，他要在家继续攻读，以参加朝廷的会考、殿考。当他们走出旅舍大门，正巧遇到前来向他道贺的文彦博。文彦博鼓励文同说：“与可，好好努力，争取会试、殿试取得好成绩。”文同及其家人很是激动，文同急忙上前拱手行礼，并答道：“谢谢文大人的关怀！我一定努力，考出好成绩。”

回到家里，一时间前来登门道贺的人络绎不绝，几乎要踏平文家的门槛。乡绅们经常设宴邀请文同，说话木讷、不善应酬的文同常被酒灌得昏头昏脑，而耽误了诵读诗书。

文昌翰深为儿子的忘乎所以而担忧。这天，文同接受朋友的邀请去赴午宴，喝得大醉才回来。文昌翰感到很不是滋味，觉得儿子已经得意忘形，必须立即纠正，便怒喝一声：“文同，你可知江郎才尽否？”

这一问，如醍醐灌顶，使文同羞愧得无地自容。酒醒后，他拒绝了几家乡绅的再三宴请，决不能继续醉生梦死。只有不断学习，不断进步，争取会试、殿试过关，走向正途，才能报效国家。

时值秋末，秋景使人陶醉，这日，文同决定要到十几年来寒窗苦读的太元观看看。他沿着自己熟悉的道路走去，往事也一幕幕浮现在脑海中，他走到桥上，想起了自己当年就在这里挨过打，他停住脚步，又想，不知道普天之下还有多少穷人的孩子会像当年的自己一样受人欺负，被人打骂……

他在桥上站了许久，暗暗警告自己："文同啊文同，穷人的辛苦，你算领悟过了。你一定要好好读书，考取功名，将来为天下的穷人说话办事，决不欺压穷苦百姓，做一个为穷人服务的好官。"然后才抬步向太元观走去。

他来到太元观，拜谢了书塾先生，庙里方丈，道观住持等人。先生领着文同在太元观参观，走到一间教室后，先生说："文同，你的字写得很好，画也画得好，你看，那面空白墙壁，你不如提个字，或画一幅画，以便激励太元观的学子们努力进取。"文同愉快地答应了。

先生拿来笔墨，文同望着墙壁，顿时心中感慨万千。他接过笔墨，挥手便在墙上写了起来。只见笔酣墨饱，酣畅浑厚，笔走龙蛇。一会儿，一首气吞山河的诗作跃然于墙壁之上：

三十穷男子，其势胆气成。
鸿毛在乡里，骥足本乾坤。
周孔为逢揖，轲雄自吐吞。
平生所怀抱，应共帝王论。

先生看罢，赞道："与可呀！好诗好诗！好书好书！其诗有曹操气吞日月的博大胸襟，有李白经天纬地的远大理想；其书若脱缰骏马腾云而来，又如蛟龙飞天绝尘而去。包孕天地之灵气，壮哉，壮哉！”双手合拢向他的学生恭贺，并祝他能在会试、殿试上取得佳绩，从而青云直上，光耀门楣。

第七回 名声扬太元观显艺 拒沉湎与可住石屋

话说当初卫素萍执意要来文同家当仆人，就是因为中意文同，这个道理最明白的人莫过于文同父母亲。文昌翰亦是从艰难中过来的人，他既知儿子已处在谈婚论嫁的年龄，又正值人生功名成败的关键时期。作为父亲，必须权衡的是儿子婚姻、事业两不误的事。人一生的成败是凭努力、凭机会、凭运气的。有时候抓不住机会，也就没有了运气，努力或许就白费了。他想到自己，虽然满腹经纶，却没有机会展示，一辈子就是个农夫，至今碌碌无为。他同妻子李氏商量，他做儿子的思想工作，由妻子做卫姑娘的思想工作，然后分头行动。

这一天，李氏将卫素萍叫到自己房间，挑明“男大当家，女大当婚”的道理，又称赞卫姑娘聪明能干，然后说起让她和与可成亲之事。

早就朝思暮想的卫素萍，毫不犹豫地答应了李氏的提议，说：“我与与可相识已久，与可待我情同兄妹，自然愿意做他妻子。不知您打算何时举办婚礼呢，我与父母亲说一说。”

文昌翰把文同叫到一处僻静的地方，语重心长地说：“文同，你现在年纪不小了，应该成家了，我看卫姑娘对你挺好的，人也贤惠漂亮，她来咱家的目的，不说你也明白，我想应该把你们的喜事办了，你们在一起相处也就大方了，你的意见如何？”

文同认为，卫姑娘人缘不错，长相也很好，性格也和自己合得来，经过一番思考后，回答父亲说：“父母亲觉得好，那就好，我同意你们的意见。”

这时文昌翰又严肃地说：“你如今正值青春年华，亦是人生前途命运之重要转折时期，立业固然重要，成家也并非小事，我认为应该婚姻、前程两不误才对。你成家以后，更不能放弃追求功名，要一仍旧贯，奋而不辍。为父睹我儿点滴之进也。”

这么一来，文同娶妻之事，就顺理成章了。只等待选择良辰吉日。

卫素萍的夙愿终于要得以实现了，她感到特别高兴，常常跟着文同寸步不离。文昌翰看在眼里，决定尽早把他们的婚事办了。

文家择了一个良辰吉日，操持了一个简单的婚礼。太元观的先生和文同的同窗们，永泰县的乡绅名门都来文同的婚礼庆贺，永泰县令也托人送来了贺礼。婚礼由文氏族长文西君主持，场面很是热闹。

散宴席后太元观的先生来到文同面前，说：“与可啊！太元观道观扩建重修了甬壁（屏风），比原来高大气派多了，咱们太元观出了你这么个大诗人大画家，想让你去太元观，在甬壁上留下诗作、画作，以留作太元观今后学子们效仿学习之模本，你意下如何？”

文同说自己在太元观读书学习近二十年，能在太元观留下自己的墨迹是荣幸之至。他答应三天后来太元观作甬壁画。

第三天，文同拿上自己的文房四宝，告别了父母及妻子，向太元观走去。他边走边琢磨应该在太元观甬壁上留下什么样的作品。

他一边思考，一边观察着眼前的自然景象，认为世间最美的作品，就是最接近自然的作品，只有与大自然融为一体的作品才是好作品。他细细观察着眼前深秋之景，不禁感叹造物之神奇，今日太原观甬壁作画也要如这秋景一般美丽、一般真切。

这时刮起了微风，天渐渐变冷，但他的心里是热乎乎的。他走着走着突然身旁稻田里的一群麻雀“哗啦”一声从他头顶飞过，眨眼钻进了前面的一片竹林里，此情景生动自然，引起了文同的兴趣。他站定了脚，走近竹林观察起来，呵！还真是茂林修竹，郁郁葱葱，一派生机盎然。更使他一腔热血寻旧梦，浮想联翩忆诗仙，李白那浪漫的诗句回响在耳边：

犬吠水声中，桃花带雨浓。
树深时见鹿，溪午不闻钟。
野竹分青霭，飞泉挂碧峰。
无人知所去，愁倚两三松。

他心中已有数了，决定就在道观甬壁上画竹子，画飞鸟。他三步并作两步向太元观走去，当来到太元观时，先生早已在那里等待着他。他拜会了方丈和住持，一阵寒暄之后，文同询问道：“方丈，即刻去甬壁作无声诗如何？”

先生让学生们拿上颜料及工具去甬壁处，甬壁又高又宽，墙面粉白光洁，还真是一面作画的屏风。文同拱手赞美说：“这面甬壁又高又大，打磨光洁，实在是作画的好地方。”他随后在甬壁四周观察一番，然后让学生们搭架子。文同爬到架子上，灵感顿时迸发，只见他一手举着笔，一手端着颜料，饱蘸墨汁后，欣然下笔，只见他挥毫自如，洋洋洒洒，落笔如风，如行云，如流水。

几个时辰后，一幅层层叠叠、枝伸叶立、幽邃深远的成林翠竹跃然于白壁之上。围观的人赞不绝口，拍手叫好。文同从架子上下来，收拾好画笔及画料。学员们收拾完架板架凳，已是黄昏时刻。忽然，半空飞来一群麻雀，“哗啦”一声冲向甬壁，纷纷碰壁而落，死的死，伤的伤，许多人好奇地围观了过来，发出惊叹的叫声。

“雀鸟撞壁”一事一传十，十传百，很快传遍了永泰各地及周边的县城，引得四面八方的群众，不怕山高路远，潮水般涌向太元观观看甬壁画。太元观一时声名大震，火遍川蜀，文同的名字随之也成为家喻户晓议论的话题，成为人们教育孩子奋发学习的楷模。

书院为答谢文同作画，举办酒席招待文同。席上先生举杯，说：“文同呀！青出于蓝而胜于蓝，为师能见到自己的学生画出如此之画，真乃幸事。今日为师敬你！”话落，一饮而尽。

文同被先生这番话感动，急忙站起，举起杯子对着先生说：“先生您过奖了，学生有今日的成绩，自然离不开您的教诲。学生敬您一杯！”

先生复又站起，举起杯子一饮而尽，说：“俗话说只有状元徒弟，没有状元师傅，你是我所教学生中最优秀者之一，望你日近天颜的那一天，莫忘为师，为师即足也！”

文同说：“先生您言重了，这让学生无地自容，无地自容啊！”

这时，席上众人齐齐举杯，大家畅饮畅谈，好不热闹。正在此时，卫素萍突然推门进来，大家惊奇地招呼卫素萍坐下，边说：“来得早不如来得巧，文夫人既然来了也饮两杯吧！”

卫素萍说：“感谢各位长辈的盛情，我陪大家把这杯酒喝了，我们还有这么远的路哩，该走了。”

此时酒兴已达到高潮。几个人举起杯子一饮而下。他们已不再互相劝酒，而是你一杯我一杯，直喝得天昏地暗，星雾飘摇。

卫素萍怎么都劝不住文同喝酒，只能顺其自然。文同醉得不行了，她只好陪同文同在太元观过夜。这一醉，整整醉了三天。第四天早晨，文同终于清醒，他悔恨自己不该醉了这么长时间。便去告别先生，同妻子向家中走去。

文同回家后最怕见到自己的父亲，躲着自己的父亲，因为上次喝醉酒父亲“江郎才尽”那句话始终回荡在耳边，这次喝醉父亲定会责骂他。所以还是不见他为好。

正想着怎么躲开父亲，但是父亲偏偏出现在他的面前。文昌翰没有发脾气，只是问他说；“你现在功名未就、前程未卜，日日去花天酒地能行吗？俗话说‘幼年不知勤学早，白首方恨读书迟’。你该明白，错过今时今日，机会便难再有了。今后我不会再说教于你，望你好自为之吧。”说罢便拂袖而去。

文昌翰走后，文同自我反省：“父亲说的极是！‘盛年不重来，一日难再晨’。如此荒废光阴绝非有志之士可为。”他同妻子及父母商量以后，第二天，就又住进了石屋，从此拒绝任何宴请、游玩的邀约，几乎整天待在石屋内读书学习、写字画画。

文家靠种地为生，没有多少余钱。这一天文同接到一份差事，要他去太元观教书。为了筹够上京赶考的盘缠，他答应了这份差事，他平时在太元观教书，只要一回到家里就钻进石屋学习。除了吃饭外，他很少与妻子及父母亲在一起。文昌翰看到儿子如此狠下决心用功读书，不禁感到欣慰。

第八回 进京赶考途经华阳 智斗劫匪平安前往

岁月荏苒，时光如梭，文同在代教几年后，终于迎来了国家的大考。这次会试、殿试都在京城举行，这对于文同来说是藏器待时之机会。

皇佑元年（1049），文同接朝廷指令赴京赶考。在经过自己积攒及亲戚朋友和地方乡绅的资助，他终于凑足了进京的盘缠。正月初八，文同踏上了进京赶考之路。文昌翰依旧委托自己的好友杜林蓬陪文同前往汴梁。文同的父母妻儿送文同、杜林蓬一直走出了新兴里村，他们跟着文同继续向北送行。一股从未有过的难舍难分的情绪涌上文同心头。

杜林蓬止住脚步，对送行的几人说："'送君千里，终须一别'，昌翰老哥你们回去吧，一路有我陪同与可，你们尽可放心！"

文同对着父母、妻子说："你们回去吧！别再送了！"又过去对抱在母亲和妻子怀里的两个小儿子，说："回去吧儿子！爹要赶路了。"

文母来到文同跟前，将自己手上的一只玉石镯子取下，戴在文同的左手上，说：“戴上这个玉石镯子可以保平安，俗话说‘惊玉不惊人’。你在外面一定要谨慎行事，注意安全。”

文同内心很是感激母亲，说：“有母亲这个宝贝在身边，我们一定会平安去平安回的，多谢母亲了！”于是告别家人，向京城走去。

文同与杜林蓬日落住驿站，天亮启程赶路，四川到卞梁数千里之遥远，要行走月余才能到达。从未离家如此之远的文同对外面的世界感到无比新鲜和好奇。

这一天他们离开了川界，来到了汉中，这里是梁州府管辖的地界。汉中是汉文化的发源地，也是汉民族诞生之地，有着悠久的历史与文化。文同与杜林蓬住店后，放下行李，便去拜将坛、古汉台参观游览，这一天他去了汉中好几个地方，见识了许多汉代建筑及文物遗迹，也注意到作为古城，汉中竟然没有一所学校，一个学堂。

晚上他们回到客栈吃饭，文同问客栈掌柜：“这里有没有上京赶考的学生？”掌柜回答道：“我们这里没有学校，哪来上京赶考的学生？”文同大吃一惊，一个堂堂大汉王朝发源地，居然连学校都没有，实在令人担忧。如果自己能有向天子谏言的机会，定要改变这种局面，他又问：“去往京城走哪条路比较近？”

掌柜回答：“从这里去往汴京，有两条道路，一条可以走褒斜道。一条可以走傥骆道。傥骆道又叫蜀道，路程较近，但很难行走，你知道吗？诗仙李白的《蜀道难》就是写的这条道，这条路的难走程度可想而知。”

文同便随口叹道：“噫吁嚱，危乎高哉！蜀道之难，难于上青天！”

掌柜说：“这位公子一望便知是有大志的人，定会高中的。”

杜林蓬说：“多谢掌柜的吉言，我们这位考生在乡考中获川地第一名，有你今日之吉言，定能取得好成绩。”

掌柜回答说："有状元之相，有状元之相，好好努力吧！"

文同高兴地说："今有贵人之吉言，我一定努力，看来蜀道就是吉道，若能高中，回来一定拜会您！明日我们就走蜀道进京。"

第二天一早，他们从梁州出发来到洋州，在洋州住了一宿，沿傥骆道向汴梁走去，他们经马道，过黑峡，翻牛岭，山路崎岖蜿蜒，越走山越高，越走路越陡，二人这时才真正感到"蜀道之难，难于上青天"。当上了牛岭，又下了牛岭北坡，来到一处较为平坦的地方时，他们已感到困乏不堪，文同便说："杜叔，这山路实在难行，不如我们先休息一下再走吧！"

杜林蓬随即放下行李，说："山高路险，休息一下也好。"他们俩便坐下一起休息。

正在二人放松之际，突然从树林里窜出一帮黑衣人，他们手持刀斧棍棒，围住了文同与杜林蓬，为首一个大汉，满脸胡渣，凶神恶煞般地说："久违了，我们在这里等候你们一天了！要从此路过，留下买路钱，可保平安通过。"

文同与杜林蓬没想到在山路上还埋伏着一帮土匪，说："各位好汉！我们没有钱，我们是上京赶考的穷书生，请你们网开一面，放我们过去吧！如果此次能考上，以后一定来报答你们的放行之恩！"

土匪头子骂着说："谁信你那鬼话！上京赶考怎么可能不带钱？赶快把钱交出来！真要等你考上了，做了官，还不专门回来整死我们吗？我看还不如把你先杀了，免得留后患！弟兄们！上去搜他们两个人的身，把东西抢光，然后杀了，扔到下面的山沟里喂狼去！"

话落，土匪们一拥而上，搜文同和杜林蓬的身，经过一番折腾，果真没有搜到任何钱物，然后土匪们把杜林蓬挑的书箱翻了个遍，结果只有书，也没找到任何值钱东西。土匪们给头儿报告说："头儿！这两人确实是个穷鬼，啥也没有。"

土匪头子看白忙活一场，怒不可遏地说："杀掉！扔进山沟里喂狼！"

几个土匪拿着刀架在文同和杜林蓬的脖子上，扬言要杀死他们，在这生死存亡的千钧一发之际，文同大声喊："各位好汉手下留情，我这里有一件宝物可以交给你们，这是我上京赶考准备变卖换路费的宝物，请你们过来看吧！"

土匪们便一拥而上，围住了他们，说："赶快把宝物拿出来了！"

文同不急不慌地从手上取下了玉石镯子，交给他们的头儿说："这是真正的和田玉石镯子，是我离家前我妈送我的，是我们家唯一值钱的东西。"

土匪头子拿过玉石镯子，对着太阳光左看右看，"哎呀"了一声："成色不错，看样子确实是个宝贝。好！今天看在你小子还老实的份儿上，就放你们走吧！"说罢，这群土匪浩浩荡荡离开了。

文同与杜林蓬挑上行李，继续向前赶路，他们来到华阳古镇，在傥骆街找了一家客栈住下。杜林蓬问文同："今天他们没搜寻到钱，那你家人给你准备的钱在哪里放着？"

文同悄悄地对杜林蓬说："父亲做书箱的时候在背面做了夹层，钱就在那里放着，别说他们找不到，就连你现在去也不一定能找到。"

杜林蓬说："好！好！好！真是苍天有眼，今天算是有惊无险！只要有钱，我们就能进京赶考了，只可惜丢了你妈送给你的宝物。"

文同说："只要有缘分，那宝物自然会回来的。"

这一说杜林蓬心里疑惑了，但也踏实了。

杜林蓬找到客栈掌柜，暗暗打听牛岭沟这伙土匪的情况，得知这伙土匪中，头子名叫闫黑山，外号叫“闫罗王”，经常在这深山老林里拦路抢劫，官府派人一抓他们就躲进山林不见踪影，待到抓捕队一走他们又出来横行霸道。当地人都很惧怕、憎恨，但谁也拿他们没有办法。

文同说：“好！那以后待我们来收拾他。”

第二天文同一行又出发了，经过多日的跋山涉水，三月中旬，他们终于来到了京城汴梁。这里人群涌动，热闹至极，来自全国各地的举子会聚在这里，准备参加朝廷会试和殿试。文同和杜林蓬按朝廷通知的要求在规定客栈住下，安心复习，准备迎接来日的大考。

第九回 朝廷殿试名登第五 返乡任职樊东挡道

几天后朝廷会试开始，考场设在皇宫内太常寺，有官兵持戒，严密把守，戒备森严。

国考严格，是对莘莘学子的负责。严是对那些达官贵人的一种限制，严是对那些妄图徇私舞弊的奸党佞臣的约束。对于像文同这样的平民子弟，更是一种保护。文同面对这样的场景，没有丝毫的惧怕感，他镇静地走进考场，坐在自己的考位上孜孜不倦的答题。

今年会试的题目，第一轮是《轸象天地赋》，文同拿到考题后，进行细致地分析，先祖的策论与政绩在脑海中浮现，又思及自己与文彦博谈论当下时局利弊之观点，联想到中兴之主仁宗皇帝对读书人的关怀和礼遇，特别是为考生送炭火取暖之事例时，文同茅塞顿开，文思泉涌，从容下笔，引经据典，笔下生辉，妙语连珠。信手拈来诗成行，得心应手皆文章。一天考试下来，他感到及第的把握大增，希望的曙光在向自己招手。

第二轮的题目是《日昃不暇食诗》，第三轮的题目是《天听君人之言论》，文同都以深厚的学问功底圆满答完了试卷。经过数日的等待，果然，文同顺利通过了礼部会试。

紧接着激动人心的时刻到来，四月，仁宗皇帝在大殿亲自主持殿试，众位学子来到集贤殿，最终由仁宗皇帝钦定全国考试合格的四百九十八名进士，并钦定冯京为状元，及前十名进士的名单，文同名列第五。

望着仁宗皇帝那慈祥的面容，文同激动不已，他一个遥远的乡下青年，经过勤奋攻读，终于来到京城，并得到仁宗皇帝的接见，实属难能可贵。

文同深知，这是朝廷对天下人才的重视，也是为江山社稷招揽人才的举措。朝廷如此重视人才，那么自己当然应为国家效力，鞠躬尽瘁，死而后已。

朝廷张榜公布进士名单后，设琼林宴招待上榜进士及各位文武大臣，宴后由朝廷组织这数百进士，簇拥着新科状元冯京一起观光游览汴梁的风光。随后各位进士回客栈等待朝廷的任命。

晚上，文同回到住处，向杜林蓬讲述了自己殿试的情况，杜林蓬很为他高兴，激动地说："唉！数十年的寒窗苦读终于有了回报，你父母、妻儿得知此消息该是何等的高兴啊！这可太好了。"杜林蓬拱手向文同表示祝贺。

文同拱手还礼，并客气地说："还要感谢杜叔您始终陪伴，当年游学就有您陪同，如今会试、殿试还是您陪同，我能有今天的成绩，当然有您的功劳啊！应该好好感谢您！"

杜林蓬说："我与你父亲是结义兄弟，你的事就是我的事，说什么客气话。"

一个人在取得巨大成功的时候，自然会想到奋斗时的艰辛，自然会想到一路陪伴自己的亲人朋友们的辛苦。既然有所回报，自然最先想让自己的亲人们知道。文同在酒精的作用下思绪万千，百感交集，他想起了家乡白发苍苍的父亲多年呕心沥血的培养，他想起了母亲含辛茹苦的抚育，他想起了日夜操劳的妻子，他想起了翘首以盼等待父亲归家的孩子。他还想到了家乡憨厚朴实勤奋的父老乡亲们，他们在翘首期盼永泰能出一个替百姓说话、为百姓办事的人才，念及此，文同不禁潸然泪下。如果他们知道我今天得中的消息定会欣喜若狂。

最终，仁宗皇帝任命文同为邛州通判，待阙（等到现任官员任职期满而待之）再上任。

几日后，文同和杜林蓬收拾好行装，离开汴梁向四川老家走去，愉快的心情使他两脚生风，特别是五月的汴梁风景美好，天蓝地绿，山河俊秀。连日而来的紧张情绪一下子全部消散了。

文同想起仁宗皇帝对他们的期望与告诫，暗自下决心，一定要做一个好官，对得起百姓，才能不辜负皇帝的期望。

杜林蓬对着文同打趣地说："咱们这可真是鱼跃龙门啊，回到永泰县，可不知道老乡们会高兴到啥程度呀！"

文同回答说："如今我既然为官，就要造福一方百姓。"

杜林蓬说："你说的太好了，天下为官之人如果都有你这样的襟怀，那老百姓就幸福多了。"

文同回答："普天之下的为官之人思想境界并不是一样高，他们读书的目的也不是一致的。有人读书是为了升官发财，为己谋私，而我只想为百姓说话，为百姓办事。"

这时太阳已偏向了西边的天际，文同想以后正式上任会很忙碌，陪伴在家人身边的时间就少了。回去以后在待阙的这段时间里，自己一定要好好孝敬父母，好好陪伴自己的妻儿。

忽然一行骑着三匹大马的小伙子横冲直撞从后面冲过来，文同及杜林蓬急忙躲让，但三个骑马的人直接挡在道路前面。

文同生气地看着几个青年人，问："大路朝天，各走一边，你们几位为什么要挡住我们行走的道路，其理何为？"

一个胖胖的年轻人高傲地扬着头说："难道你不认识我了吗，你再仔细看看我是谁？"

文同觉得莫名其妙，心想自己远离家乡来到举目无亲的京城参加考试，与千里之外的你们有什么瓜葛呢？便回答："不认识，因为我们不是本地人。"

这时来人大声说："文同，我就是樊东，你在永泰县的老乡，这下你认识了吧！"

文同细细地打量了一番，来人果真便是樊东。他比原来胖多了，比原来黑了，他怎么会在这里呢？身正不怕影子歪，文同问："樊东，你怎么在这里？"

"你没有想到吧？我父亲被你们文家那个上官老爷文彦博罢官后，你以为是去坐牢了吗？没有的事。只是换了个地方做官而已，现在就是这里的县令。你服不服，不服你跟我去衙门大堂看看。"

文同不禁想到了当朝官员腐败的程度，但是他只是个刚刚中进士第的毛头小子而已，又有什么办法呢？这个樊东今天看来是来者不善，他该如何应对呢？他沉默了好一会儿，说："樊东，今天你拦路挡道是没有道理的，我是殿考进士，奉皇上之命赴邛州上任，假若耽误了时间，你是担不起这个责任的，看在我们是旧相识的份上，还是让我们走吧！"

“让你走，休想！今天我必须把从前吃的亏讨回来，否则你就别想回四川！”樊东傲慢地回答。

文同不想与樊东起冲突，便说：“樊东！你在成都府坐牢是你挑起来的事，是官府抓你的，与我们有什么干系？我们今天也是公务在身，咱们同学一场，既然远在千里之外能碰到，也算是缘分，咱们不看僧面看佛面，你就让我们过去吧！”

樊东说：“不行！文同你听着，今天咱们旧账新账得一起算！你把人家朱家的媳妇骗去，最后成了你的媳妇，我帮人家找媳妇，你们和我们打架，被成都府抓了还让我坐牢；那年永泰乡考，我是中上举人的，就是你行贿于文彦博知府说我偷梁换柱，我的举人资格才被文彦博取消，你想想这桩桩件件，我能饶得了你吗？这是仇、这是恨，不报不行！今天我不暴揍你一顿都不能解气！”

文同听到樊东满口胡说，怒气冲天，但他还是慢慢冷静了下来，人在屋檐下怎能不低头。面对樊东这样的无赖靠讲理是不行的，强行走也是不行的。他们有三个人，我们两个人，显然是走不过去的，该怎么办呢？文同想了一番，认为有两个办法，一个是忍耐，一个是等待。文同和杜林蓬索性坐在地上不再吭声，任凭樊东三个人摆布。

没想到这招真还把樊东三人给制住了。樊东先是辱骂，骂了好一会儿，文同和杜林蓬两人都一语不发。面对这个场面，樊东一行像是一拳打在了棉花上。这时，樊东与同行的两人暴怒了，对着文同和杜林蓬拳打脚踢，樊东边打边说：“文同这是你罪有应得，这是你天道昭彰，今天是不会饶过你的！”文同和杜林蓬两个人痛得在地上直打滚，但是也只能任凭他们打骂了。

正在这紧要时刻，前面路上来了一行人，并且还有轿子夹在中间，文同一看机会来了，赶紧示意杜林蓬叫喊。杜林蓬会意，大喊道：“救命啊！救命啊！”呼救的声音在空旷的路上回响，果然惊动了来人。

这来的不是别人，正是当朝宰相晏殊。晏殊一行去陈州查巡工作后返回汴梁，途经此处，听到路上有人呼救，便命随从赶到现场。轿子落地，身着官服的晏殊走了出来。樊东一行抬头一看，来人必定官阶不小，便上马加鞭，逃之夭夭。

晏殊来到地上躺着的文同、杜林蓬身边，询问二人事情的来龙去脉。文同一看是当朝宰相晏殊，便不顾身上的伤，连忙挣扎着爬起来行礼。

文同将自己来京城参加会考、殿考的事从头至尾说了一遍，并且取出朝廷颁发的专门文书呈晏殊看。晏殊随即叫来随行的医官给文同、杜林蓬进行检查。医官说：“只是一些皮外伤，敷点药休息一会儿就行了。”

晏殊对文同说：“皇上既然已钦派你为邛州通判，尚有一些时日，不如今晚好好歇息，明日你再出发。我可与你开个行文，这样你们在路上也可方便些。”

文同与杜林蓬十分感激，两人连忙拱手行大礼。文同激动地说：“今天十分感谢丞相搭救，我到地方一定好好为民做事，感佩丞相对我的厚爱和关怀。”

晏殊拍了拍文同的肩膀说：“好！为官一方，就要造福一方百姓，只有忠心为民，才不负你今日之允诺。好吧！你们上路吧！”

文同与杜林蓬再向晏殊行礼，之后，便迎着夕阳向四川方向走去。

第十回 待阙间去盐亭讲学 光禄山草画退劫贼

五月中旬，文同与杜林蓬回到了永泰县新兴里村，家里人见到文同回来，都激动地围了过来，几个月的分别，让孩子们也感到父亲陌生了。文同打开书箱，取出了从京城带给孩子们的玩意儿，孩子们拿到手里，高兴得又蹦又跳。孩子们离开后，父亲文昌翰忙问：“与可，考得怎么样？中上了没有？”

未等文同开口，杜林蓬抢着说：“老哥啊！恭喜你了，你儿子考上了，还是进士第五呢！并得到了官家的钦笔点名，你说高兴不高兴啊！”

文昌翰一听儿子考中了，脸上紧绷的肌肉一下松弛下来，心跳得更加剧烈，他“哈哈哈”地笑了一阵，然后说：“考中了好！考中了好啊！数十年寒窗苦读，我儿终于出人头地了！”

听到儿子已经高中的消息，文母李氏和妻子卫素萍更是激动地掉了眼泪，文母急忙去给儿子烧水做饭，全家人都沉浸在无比的欢乐当中。

文同高中进士第五的消息很快便传遍了永泰县，远近乡里的同乡们纷纷来到文同家表示庆贺。

第二天永泰县的韩县令同盐亭县的李县令一同以送贺信的名义来到文同家，向文同高中进士表示祝贺，见二位县官亲自登门庆贺，文同父母和妻子都觉得十分荣幸。

韩县令说："文同高中进士是我们永泰之荣光。人才难得，在你待阙的半年里，我本当聘请你去县里讲学指导，然盐亭县李县令有意请你去盐亭县学堂讲学，传道授业呢。"

李县令上前一步说："文进士，盐亭县官办学堂极需像你这样的人才，今日本官前来，就是为请你去盐亭官学授业，不知你意下如何？"

文同看到李县令如此之客气，感到再也没有推诿的余地，和父母亲及妻子商量后，便答应了李县令的邀请。他们约定了去盐亭讲学上任的时间，韩县令、李县令婉拒了文家的宴邀，向文同及家人道别后，便各自离开。

这日天气晴朗，文同与家人共进早餐后，便告别家人，要去盐亭讲学任上了。因随身带着不少行李，文昌翰便执意要去送他。父子俩一前一后向盐亭县的方向走去。不知不觉，二人来到了真常观。观中有不少梧桐树，树叶已发圆，梧桐已开花，文同对父亲说："父亲，您看现在真常观风景如何？"

文昌翰不禁赞道："'首夏犹清和，芳草亦未歇。'这里草木丰茂，风清气和，可能是一年中最美的时节了。咱俩也歇一歇，享受下大自然的恩赐吧！"父子俩停住脚步，放下行李做暂时的休息。文同站在高处观赏真元观美景，感慨道："这真常观远望如同人间仙境，山岚腾绕，真是美不胜收。”

文昌翰说：“眼前的风景美，人生的风景更美。儿啊，将来做官要做好官，俸禄够养家糊口就行了，不可再去索取他人钱财。为官一任，造福一方，在哪里做官，就要为那里的百姓办事。像我们的祖先文翁在任蜀郡太守时，兴教育，举贤能，修水利，百姓感恩他，留下了千古美名。你以后也要做这样的官，也要留这样的名。”

文同对父亲说：“父亲的教诲孩儿一定铭记心中，我当立命为民，像先辈文翁那样为国家鞠躬尽瘁，死而后已。”

文昌翰说：“好！望你永远记住今天的话，不负自己心中的志向，不负百姓与社稷。咱们继续向前走吧！”

父子俩经过黄天坝，翻越光禄山，文同记起了杜甫写下的《光禄坂行》，他便朗声道：

山行落日下绝壁，西望千山万山赤。
树枝有鸟乱鸣时，瞑色无人独归客。
马惊不忧深谷坠，草动只怕长弓射。
安得更似开元中，道路即今多拥隔。

文昌翰说：“你看，这光禄山只是一座普普通通的山，但是杜甫的一首《光禄坂行》，让这里成了多少人慕名来观光的圣地。”

文同回答：“广德元年（763）秋末，杜甫独自一人，经盐亭前往阆中悼念死去的老友房琯。初冬，他又接到女儿病重的家信，于是急匆匆地从阆中返回梓州。当他经过盐亭县城东十里的光禄坂时，谁知曾经畅达的官道，如今却常有盗贼出没，杀人越货的惨剧时有发生。一路上，他不仅忧心在梓州生病的女儿，还要担忧自身的安危。

杜甫惆怅不已，胆战心惊，于是抚今思昔，思虑万千，写下了这首《光禄坂行》。”

文昌翰说：“‘山不在高，有仙则名，水不在深，有龙则灵。’正是因为诗圣杜甫《光禄坂行》这首诗的点缀，使这座普通的山成了名山！”

父子二人正在畅聊时，突然路旁的树林里窜出三个人，手持刀斧和弓箭挡在道中，为首一人说：“此山属我管，此路是我开，谁从此地过，须留买路财！”

文同与父亲只顾畅谈光禄山的历史，万万没有想到说曹操曹操就到，如今自己也遭遇了强盗。文同父子皆是手无缚鸡之力的文弱书生，以往出行在外有杜林蓬的陪伴，尚且能壮胆，如今二人愣在当场，不知如何是好。

强盗看到两人惧怕得不敢说话，更是嚣张起来。为首的歹徒从后背拿出一个骷髅头，“啪”的一声放在两人面前，说：“你们还发什么愣，快把所有值钱的东西都拿出来，拿不出来银两，这个头颅就是你们两个人的下场！”

文昌翰清醒过来了，看来面对劫匪，只有以和相待，才能摆脱眼前的困境。然而文家毕竟清贫，文同的行李中根本没有任何值钱的东西。文昌翰拿出一些碎银两，捧到这伙盗贼面前，好声好气地说：“哎呀！各位大爷，我是送儿子去学堂教书的，身上没有值钱的东西，只有这些碎银，你们就拿去吧，放我们过去，大恩大德来日再报。”

一个长着浓黑粗眉毛的壮汉，上去就是两记耳光，打得文昌翰天晕地转。接着大声质问：“少跟我装蒜！你们有来日吗？今天拿不出银两，这里就是你们的葬身之地。”

文同看到父亲被打，连忙上去阻拦。虽然已经把自己的身家都掏出来了，可是这伙人就是不肯放行。用什么办法才能以弱退强贼呢？文同突然想到了办法，他对这伙强盗说：“各位大爷，我还有一件值钱的宝贝。请诸位稍作等待。”他立即打开自己身上的包袱，取出笔墨纸砚，寻了一块平滑的大石头，摊开一张纸。强盗们被文同的举动弄糊涂了，站在一边想看看文同葫芦里卖的什么药，几双眼睛紧盯着文同。

只见文同在白纸上挥毫泼墨，不出几笔，一张现场的草图就已经呈现在纸上。三个强盗不明所以，只见文同继续笔走龙蛇，不一会儿，纸上出现了三个人，不是别人，正是这三个强盗。只见画上的三人提刀拿斧，凶神恶煞，宛如活阎王。三人看见纸上凶相毕露的自己，手里拿的刀仿佛就要向自己砍过来，一时慌了手脚，三人你看看我，我看看你，不知道眼前的文同是人还是神，竟然作出如此可怖的画作来。他们急忙跪倒在文同及文昌翰面前，磕头如鸡捣米一样，嘴里还喊着：“请神仙饶命，请神仙饶命，从今我们改邪归正，再不做劫匪了，再不做劫匪了！”

文同看到刚才还凶残无比的强盗一下子跪在自己面前，便问父亲怎么处理。文昌翰略作思考，说：“那就让他们赶紧走吧！”三个人站起来扭头就跑，跑出不远，文同喊了一声：“站住！回来！”三个人立刻折过身来到文同跟前，文同将刚才所画的那张草图递过去说：“你们把这个也拿回去。”

“是！”三个人不约而同地应了一声，拿着草图一溜烟跑了。

文昌翰长长地叹了口气，惊魂未定地说：“今天真是死里逃生，你草画退劫贼的故事可能还是天下头一次。”

文昌翰又回头问文同：“你所画的人物真是栩栩如生，似乎在纸上活了过来，看了真有点吓人，实在是了不起，怎么做到的？”

文同回答：“我看到他们三个人那张牙舞爪的样子，就把他们的形象捕捉到画纸上，至于看上去会动，那是风吹画纸导致的。倒是把他们几个吓得不轻，还以为我是天神下凡。”话落，父子俩哈哈笑了起来。

文同与父亲来到盐亭，李县令热情地接待了他们，文昌翰在酒桌上给李县令说了文同草画退劫贼的故事后，李县令也啧啧称奇。李县令说：“我一定速速派捕快将今日这几个劫匪擒拿归案，审明问清，看看他们抢劫时看见的是人还是神？”说罢大家一起哈哈笑了起来。

下午文昌翰告别了文同回到永泰县。他给自己的家人及邻居们讲述了文同草画退劫贼的经过，于是这个故事一传十十传百，在永泰成为家喻户晓的佳话。

第十一回 治理邛州勇于担当 灭族奇案顽凶伏法

李县令领着文同来到官办学堂，向学员介绍了文同的情况。学堂里很多学员早就读过文彦博推荐的有关文同的文章，但还未见过本人，今日见后大家都有一见如故之感。李县令说："文先生，是今年殿考进士第五，才名已遍全国，特别是他的书画笔精墨妙、惟妙惟肖。今后你们一定要好好跟着文先生学习，力争将来金榜题名。希望日后我县也能出像文先生这样的栋梁之才。"

盐亭西南二里两江（弥江、梓江）交汇处的永乐山，李县令出资修建了一座亭子，近日就要竣工。李县令邀请文同前去观景，并希望文同为亭子命名。

这一日阳光普照，晴空万里，偏偏白云飘浮在碧空之上。文同望着白云，凝神片刻，提笔便写下"叩云"二字。李县令及围观的众人看后，齐声称赞道："好名字！好名字！"同时文同又作《盐亭县永乐山叩云亭》诗以纪之。诗曰：

长江合高峰，爽气左右绕。

中流望绝巘，万丈见木杪。
孤宁揭其上，隐隐一拳小。
李君令兹邑，邀我升缥缈。
是时天宇净，晴色洗霜晓。
万象满四隅，转盼皆可了。
神清压尘坌，志适喜猿鸟。
人生贵轩豁，世务苦纷扰。
兹焉获登览，浩思欲飞矫。
令谓亭我为，胜绝此应少。
愿子立佳号，光辉饰松茑。
因名之叩云，大字榜霞表。

其中“愿子立佳号，光辉饰松茑”表达了对李县令积极从政，留下光辉业绩的祝愿。李县令看到题字、题诗后，激动万分地拉着文同的手说：“文先生好字，好诗！必将百世传颂！”

皇祐二年（1050），文同待阙期满，阳春三月，文同邛州接任期已到，他告别盐亭学堂，告别家乡父老，前往邛州上任。按宋代的官制，州的长官设立知州事和通判事。文同所任军事通判官是知州、通判的佐史，分案治事，担负辅佐长官司处理政务。分管簿书、案牍文移、待受、催促等职。文同入仕较迟，新官上任之时，事事勤勉，沉着干练。

邛州又称临邛郡，辖邛崃、大邑、蒲江、闲县等地，地处成都平原西部，土地肥沃，物产丰富，素来经济发达、文化繁荣。六年前，文同的文章被知府文彦博传示府学，其文其名早就被邛州学子倾慕。

邛州的五月山川锦绣，风和日丽。这天去郊外游览的人特别多，文同携带两个公差人员也以郊游为名，实则到地方暗中考察。他们骑着马向西南方向奔去，不多时，来到了一个叫羊安的地方，文同一行寻找了个驿站歇脚。他们让驿站的人将马牵到马圈喂下，然后去乡下做调查。文同和两个随行人员沿着一条小路，走了里许，到了一个叫棱角村的偏僻地方。正巧看见前面不远处围了一大圈人。文同说："走！咱们去看看。"他们走近一看，原来地上躺着两个人，一老一少两个男性，都已经死了。

文同不禁吃了一惊，没想到人命关天的大事情，在这个天高皇帝远的地方，周围的人居然已经觉得平平淡淡，不值一提。真是不可思议。

文同把随行人员叫到一起商量决策。文同说："既然我们代表邛州府来此地考查，遇见这样的事绝不能置之不理，必须一查到底。明日一早我们便去村里了解情况。"

第二天，文同一行人来到村中打听情况，接连问了好几户人家，都推说不知道、不清楚。当他们再走到其他农户的门口，人家见到他们来，都立即关上大门，直接避而不见。眼看天快黑了，案情却没有一点儿进展，甚至那死去的两个人都没有任何人前来相认。这莫名其妙的现象让文同对这个村庄产生了很大的怀疑，文同决定先回到驿站住下来，再做进一步调查。

他们沿着原路返回驿站，三个人吃过饭后便在驿站找人闲谝，调查事情原由。文同找到驿站掌柜，问："掌柜的，听口音你也是永泰人吧？"

掌柜说："我姓王，名景常。永泰县玉龙村人。"

文同回答："好名字，好景常在嘛！那咱们确实是真正的同乡，我是永泰新兴里村人，我姓文名同，字与可。能在邛州遇见老乡也是一种缘分。”

王掌柜惊奇地说：“你是文同，文进士？咱们邛州的军事通判？幸会，幸会！”王掌柜立即站起来，将文同领到自己的会客厅，让文同叫来两个随行人员，热情地用酒肉招待。文同夸赞自己的老乡说：“王掌柜客气了，既然如此，我们恭敬不如从命了。”

经过几巡酒下肚，几个人话题也多了起来，特别是王掌柜，像文同这样鼎鼎有名的大人物到他的驿站里来，他更觉高兴。文同觉得是了解情况的时候了，他一边给王掌柜敬酒，一边说：“王掌柜，今天我要向您打听点事，既然我们是老乡，那你就相信老乡，一定要实话实说，不要有所隐瞒。”

王掌柜爽快地说：“唉呀！一定一定，从关系上说，你我是老乡，岂有不帮之理？从身份上说，你是军事通判，我是庶民百姓，岂有不言之理？从生意上说，你是客人，我是店主，岂有不顾之理？”

文同说：“好！那我就直言不讳了，不知道掌柜对棱角村的事可有耳闻？我昨日路过那个村子，恰逢一桩命案，令人奇怪的是，死了两个人这样的大事，村里都无人敢说，无人敢管？这两个人也不知是谁家里的，实在是可怜。”

王掌柜一听是棱角村的事，立即压低了声音，把文同叫到一边，背着其他人悄悄地说：“哎呀！文通判，那可是个硬茬子事，棱角村村里有一霸，叫章林豪，他们在村里横行无忌，飞扬跋扈，把这里搞得乌烟瘴气，村里人都是敢怒不敢言啊。听人家说上面还有人哩，远近都没有人敢惹。昨日死掉的那两人，是父子两个，家里就剩他俩，听说是因为修房地基与章家发生纠纷，所以被章家给害了。”

光天化日之下竟然发生如此目无王法之事，文同听着听着感到毛骨悚然，又气愤不已。回到客房，文同对随行二人说：“我大宋王朝朗朗乾坤岂容这帮贼人作恶，我们回去将此事报告给邛州府，他们派人来做调查，弄清真相，再派兵壮前来捉拿，现在不动他们，大家有何高见？”

“好！我同意。”他们决定先回邛州城。

夜已经很深了，文同躺在床上久久不能合眼，抬头望着窗外的夜空，自言自语说：“邛州啊邛州，我就从这里开始，来厉行自己的使命吧！”他慢慢地进入了梦乡。

在回去邛州府的路上，骀荡的春风吹拂着他们一行三人，文同思考着：邛州之大，怪事之多，第一次出门当差就遇到了这样棘手的命案，这是上天在考验我文同。要治理好邛州就从这个命案开始，就从清除棱角村恶势力开始，以还我大宋王朝朗朗之晴空。

文同一行骑马向邛州奔驰，来到邛州后，他向邛州知州汇报了去羊安棱角村考察的情况，知州十分重视他反映的情况，立即让文同去彻查此案，并派遣兵壮助力。

文同在家稍作休息，就带队向羊安棱角村出发。他们依旧在王掌柜的驿站住下，然后徒步向棱角村走去。当他们来到棱角村，却不见了那两具尸体，文同深谙章林豪在棱角村的势力，一行人谨慎地在村中寻找蛛丝马迹，但是村里的人们一见到官府人员，就像躲瘟疫一般躲着他们，文同根本无法与村民接近。

文同想，这样下去是没有结果的，于是他将这里发生的事情，写成文书报告给邛州知州，并谈到了如何破案的方法，知州看到文书后，同意了文同的方案。

几天后，文同带着一大队持戒兵壮，来到羊安棱角村，他们不再调查，不再取证。而是将章林豪及其有联系的亲属全部逮捕，数十人全部装上囚车向邛州驶去。这一突如其来的举动使当地百姓感到莫名其妙。

接着官府张榜公布，凡是羊安棱角人均可向官府禀报章林豪罪状，举报授奖，包庇问罪。并设置了禀报地点及办法，几天后禀报章林豪罪行的百姓多达二十余人，其中有三户是被章林豪灭了族户的亲戚所禀报，经过核查人们所揭发的罪状全部属实。这年秋后经大宋刑部批准，将犯下杀害二十三人的大案的章林豪一行十一人处以问斩。

文同在羊安棱角村第一次断案，得到了邛州府的高度称赞，更使邛州人知道了邛州有个清官名叫文同。羊安地方百姓敲锣打鼓地向官府送去了“青天断案，昭雪冤魂”的牌匾，使文同在邛州成为家喻户晓的清官。

第十二回　宦海浮沉奸佞作祟　静难节度履尽职守

文同大胆惩治黑恶势力，维护地方安定秩序，让百姓安居乐业，受到了百姓的爱戴。他到邛州各县巡查，首先要求官民办学，要求有名望的长者为师授课。还鼓励学子们学成之后回到乡里教化民众，以提高百姓文化素质。在邛州他虽是初仕，但很快适应了新环境。在官民心中树立起秉公执法，精明能干的循吏形象。

皇祐四年（1052）春，蒲江县县令空缺，文同在邛州知州举荐下，兼任蒲江县令，正是在这里，他为世人留下了治学名篇《移蒲江县学诸生文》。把品德、锻炼身体放在同等重要位置，并规范学生"九勿"戒条："诸生宜修心养性，趋教向谊，勿甘浮淫，勿生夸骄，勿轻语议，勿妄施舍，勿尚亵狎，勿念荒逸，勿听谗嫉，勿起怨背。"在宋代，地方官学体制日益完善，学规是宋代地方官学适时常规管理的主要手段之一。

北宋代官制度，任期三年，届满就要转换。皇祐六年（1054），文同奉调还朝，开始了宦海浮沉的生涯。

宋仁宗至和元年（1054）文同从邛州奉调还朝，自他任邛州通判以来，就将杜林蓬、江怀玉调到自己的身边，帮助做些政务。因新的职务有待安排，所以入京城暂时还不能将家眷带上，只有等新的职务确定才能携家眷前往。那么入京他只有带着杜林蓬、江怀玉携拿行李，自己的小妹文美珠给整顿衣物，经过长途跋涉，他们来到汴梁，寓居在汴梁城南（今河南洛阳城南），他每天都要沿着蔡河河堤到官府衙门听候差遣。

春天阴雨连绵，街道上到处都是污泥积水，这天文同骑在马上，由杜林蓬牵着马小心翼翼地前行。忽然，迎面奔来一列马队，因来势凶猛，文同及杜林蓬躲闪不及，污水溅了他们满身，还撞翻了路边小商贩的摊子。文同大声责问道："你们这是在做什么？皇城脚下竟敢如此无礼，太不像话了。"

谁知这来人不是别人，正是文同的老冤家樊维湘及他儿子樊东一行数人。他们正向汴梁家宅搬迁，听见叫喊声便停住了。回头看叫喊之人，正是文同，身上还穿着个官服，顿时气不打一处来，便大声说："你以为你做了个官就了不起了吗？这泥汤给你们溅上了又能奈我何？"

文同听出这是樊东的声音，想到冤家宜解不宜结，便打算就此了结此事，以不回答表示默认作个结束，便打马向前走去。樊东冲到文同跟前，说："唉呀！这叫什么呢？冤家路窄对吗？上次遇见你，你向晏殊丞相告我状，让晏殊撤了我父亲县令职务，这已经是第二次了。看来今天是不能再饶过你了。现在我们全家都是平民百姓，赤脚的就不怕你穿鞋的，今天你是走不了的。"

文同长叹了一口气说："樊东，你三番五次这样子做事有意义吗？你父亲被撤职还不是因你挑事造成的？与我们没有任何关系。说话做事都要凭良心，你我之间多年来的恩怨，谁是谁非你自己知道。送你一句话，叫作多行不义必自毙，你好好掂量掂量你的行为吧！”

这时候周围已围满了行人，大家望着文同周身沾满的泥浆，望着杜林蓬及马身上的泥浆，责怪樊东父子做事太过分。一位长者站出来，说：“你们这一老一少的两个人做事莫要太过分。你的车马把人家浑身弄成这样，不给人家道歉，还这样子和人家讲歪理，天下哪有这等事？这是皇城脚下，怎可任你们为所欲为。俗话说大路不平旁人铲修，还不快快给人家道歉。”此一番话说得樊维湘父子闭口无言。

正在这时，一队兵壮排着整齐的步伐过来了。樊维湘一看官兵来了，催促自己的儿子说：“儿啊，快走吧！别闹了，官兵来了。”

樊东一看官兵阵势，怕再捅出意外。便对着文同说：“文同你听着，我要想尽办法，走通京城我的所有关系，好教你这次宦海浮沉，似一江春水。”话落便策马而去。

文同和杜林蓬回到居住处换下衣服，他俩给马匹冲洗一番，小妹洗了衣服，四个人忙了一个下午才把活儿干完。晚上文同与江怀玉、杜林蓬及小妹文美珠四人来到一家酒店喝小酒，酒至三巡，杜林蓬说：“文通判，这次候官咱们可能也得找找关系，不然这么多的人要等到猴年马月去啊！”

毕竟经过几年官场历练，对当下局势还是有见地和看法的，文同没有回答杜林蓬的话，而是在思考有效办法。

此时江怀玉说：“我们可以去找一找文彦博大人，他是当朝新任宰相，手握重权，他随便给有关人员打个招呼，你的事情就会迎刃而解的。”

文美珠也说："哥，这是个办法，你看这京城候官的人那么多，我们不能死等。文彦博不是一直很欣赏你吗，他可是当今宰相，当年还曾向全府推荐你的文章哩。现在找他定能把事办成，你就可以安定地做事情了。"

文同黯然地说："不行。其理有二，一是文丞相新上任，朝中不服之人还很多。今年正月张贵妃突然病逝，文丞相的反对派说他是张贵妃推举上丞相位子的，现在正到处搜寻证据准备弹劾文大人哩，这时候我们去找他办事，不是正中御史们下怀吗？不但办不了事，还会坏了事；二是樊维湘已为官多年，他家在朝中颇有人脉，他两次被撤职，对我们怀有刻骨仇恨。现在晏殊大人不当宰相了，或许樊维湘还会在朝里疏通人脉在其他地方去任职哩！我们现在的唯一办法就是顺其自然，耐心等待。我想好了，谁也不找。待到朝廷需要我的时候，自然有我用武之地。"

文同说的大家都信服，杜林蓬接过话题说："看来为官的事情复杂，并非我想的那么简单，于今之时，只能等待了。"

这时文同再斟满酒，说："'人生得意须尽欢，莫使金樽空对月。天生我才必有用，千金散尽还复来。'我就不信我谋不到职位。"一边说着，一边"哈哈哈"地笑了起来。

江怀玉说："文通判才智过人，名扬四海，谋职一事只是个时间长短的问题，大不了我们多等几天而已！"

文同又举杯说："对，对，对，说得对！来！我们饮了这杯酒，回去休息，等待来日的喜讯吧！"大家一饮而尽后，向住处走去。京城已沉默在茫茫中原的夜暮之中。

就这样，文同的候官遥遥无期，特别是樊维湘及他儿子樊东，到处疏通关系，穿梭在重新待阙的权贵之间，甚至造谣说文同是文彦博的亲信，为御史搜寻资料搞弹劾文彦博的活动，使文同的候官一拖再拖。

转眼到了秋天，和文同一起候官的人员都陆续谋到了职位，纷纷离开京城去就职了。文同黯然神伤，便写了《秋居览景因感所事》一诗：

闲居闭穷巷，拙者诚所宜。
掩书坐前楹，默与天理期。
是时新雨收，物物含秋姿。
疏檐正残日，曲几方凉飔。
群雀下空阶，逐逐顾且随。
微虫出幽隙，绕绕行复飞。
疏篁挺坚劲，不并草木衰。
丛兰吐芬芳，岂畏霜露知？
观此动与植，一一全天资。
因念物禀生，有性各异持。
夫人为灵者，仁义实所尸。
胡为智巧役，所有日夜隳。
不能保其元，妄事纷扰为？
汲汲以就死，所耗无纤釐。
还本既不完，何用冠且衣？
余因激所遇，揽笔成此诗。
庶哉学者心，读已而悟兹。

由于受到反对派的弹劾，朝廷罢免了文彦博的相位，深受文彦博赏识的文同，自然被视作文彦博一党，因而遭到排挤，坐上了冷板凳，使文同的候官成为无期的等待。

同年六月，文彦博的案件得到澄清，朝廷重新启用文彦博，并还朝为相。文同得知此消息后欣喜若狂，以为自己的“候官”会出现转机，他当即书写《贺昭文相公启》祝贺文彦博复任宰相：“方今四夷未甚率服，百姓未甚富庶，阴阳未甚调泰，稼穑未甚蕃衍。”他期盼文彦博能够重振朝纲，医治好社会的千疮百孔，还天下以太平之道。

还政后的文彦博特别谨慎，唯恐给持有不同政见的宿敌留下把柄，所以，他没有再重用文同在朝为官，给予其近水楼台先得月之机，而是将文同调任到静难军任节度判官。

就这样文同在第一次升迁途中无形成为朋党之争的牺牲品。但是文同并没有气馁，他认为无论朝廷派自己到哪里，只要是为社稷的巩固，百姓的安居，哪里都有自己的用武之地。他回到住所向文美珠、杜林蓬、江怀玉说明了被派遣邠州任节度判官的情况，自己表态说：“其实，去往邠州也挺好，可以做一些实事，做一些体恤民情体恤军情的事情。”随后他安排江怀玉回四川永泰家中报信，并搬家前往邠州，他同自己的妹子文美珠、老友杜林蓬从汴梁向邠州出发前去上任。一行人整理好行装，第二天便出发了。

北宋的军事要地设“军”，静难军即邠州（现在陕西彬县）是北宋抵御西夏的边关重镇，它地处泾水中游河谷，是关中与西北的通衢要道，文同一行星夜兼程，形色匆匆，心中坚定着保家卫国的雄心壮志行走在去往邠州的征途上。他们走过一个又一个平川，翻过一座又一座大山，送走一个又一个晚霞，迎来一个又一个朝阳，越走天越冷，越走越荒凉。一天傍晚，他们赶到一个叫长武的驿站住下，第二天起来发现已是满地雪白。几个人添了衣服，又继续赶路，终于在至和二年（1055）腊月二十九抵达银装素裹的邠州，也正是万家团圆的除夕，第二天就是年初一。军队官员接待了文同一行，安排住定后，文同让自己的小妹子在家整理东西，他同杜林蓬在邠州城游览考察，以熟悉当地的风土人情。他们一连在邠州城转了几天后，文同想，既然是从军就应该对边境有所掌握，于是决定去巡察边境。

他向军队首领汇报了自己的想法，首领批准了他的请求，并给他们派了个熟悉路径的军中头目带领他们前往。正月初八这天他同杜林蓬各骑一匹马在邠州与西夏的边界上巡察。文同看到，边境上的营寨有的连人都没有，房子都是空闲着的。他直言道："这哪能行？一旦有战事，敌军岂非会长驱直入，占领大宋疆土？看来加强边界营寨的管理已是当务之急。"

他们三人一行，不知不觉爬上一座高山，向西夏的城郭方向瞭望，只见边境上西夏军队严阵以待，隐约可见军队正在有序地进行操练，俨然像大战前夕的军事训练。看到这些，文同心头有一种危机感在跳动，朝廷知道这些事吗？圣上知道这些吗？这可是国家生死存亡的大计，这也是江山社稷稳定的大计。应该及早让朝廷知道，以加强对边界的管理。

文同抬头，忽然发现对面路上有一男一女，策马而来。他们直接越过边境线，向大宋疆土走来，边界无人问津，也没有检查阻拦。文同感到很意外，没想到边界管理竟松懈至此，难道就不知道西夏始终有吞并我中原之野心吗？文同十分忧虑，思索片刻，他决定立刻追踪这两个人。

越过边境的两个西夏人很快向一座古镇人多的地方走去，文同及其二人追赶越境西夏人，追到人多的地方忽然失去了目标。这时文同一行便将马寄拴在一户农家，徒步去追赶，又发现西夏二人熟练地去驿站安排好马匹，然后向边境的制高点走去。文同看出来这两个人已是多次过境侦察的老手。两个西夏人躲躲闪闪地来到制高点，然后进行他们的绘图、校图任务，他们也没注意到文同一行人的跟踪。

文同安排杜林蓬和那个带路军人从右边山沟向那两人身边靠近，自己从左边去包抄。话落他们就各自行动，文同首先来到正在描绘图纸的西夏人背后，躲在一块山石后面，这两个人正精力高度集中在纸上比画，没有发现来人。文同睁大眼睛望去，终于看清西夏人在图纸上绘画的正是北宋邠州段防御图。二人还在聚精会神的嘀咕着、修改着。文同悄悄地靠近，躲在一棵树后。只见男子指着地图说："这里不像，应该修改一下。"那个女子急忙用笔在绘图上进行修正。文同示意同伴赶紧擒拿两人，发出一声断喝。西夏女子突然反应过来，顿时慌了手脚。男子拔出宝刀向文同刺来，文同一躲，刀刺在了树上。当他刺第二刀时，被杜林蓬一下按倒在地，随后带队军人上来，将西夏男子擒拿。

西夏女子看到已在劫难逃，拔出腰刀拼命，经过几个回合搏杀，两个西夏人终于被制服。文同拿到西夏人描绘的地形图折叠好装进衣兜，三个人押着两个西夏奸细，向邠州城走去。

第十三回 听谏言强边关防守 天大旱助百姓抗灾

文同一行押着西夏间谍回到军营，受到兵部尚书的重视。王尚书接过文同递交的西夏人绘制的邠州段防御修改图，感到很是意外，原来西夏王亡我大宋之心不死，宋王朝的危险仍旧存在。

庆历元年（1041），李元昊率兵侵入宋境之时，就是这样先进行边境渗透窥探，然后进行战略部署，最后大举侵犯。宋军临时盲目追击，西夏军且战且退，把宋军引入了埋伏圈，发现上当时，但为时已晚。此时西夏伏兵早已等待多时，发现宋兵进入埋伏圈，十万骑兵杀声四起，四面伏兵蜂拥而来，宋军见状且战且退，死伤无数。

这次西夏再派间谍来边界窥探，极有可能又在做进攻宋朝的准备。想到这里，王尚书派人对西夏间谍进行了连夜审问，并从谍探嘴里得知，这次是李元昊之子李谅祚派他们来邠州进行绘制边境图的。再问他们究竟是何目的时，两个谍探回答："不知道。我们只负责绘制地图，其他一概不知。"

王尚书看到两个西夏谍探虽然被逮捕，但态度依然强硬，是根本没把大宋放在眼里。

王尚书让文同起草文书向朝廷反映此事，并请求朝廷拨款加强边关防御，采用范仲淹当年向朝廷上奏的攻守方案。对环州、庆州、宁州、邠州共四州二十六寨加强军力，以巩固边关营寨，防御西夏的再次侵犯。

文书呈交朝廷，得到仁宗皇帝的高度重视，皇帝批复向西北驻军拨款、增兵、修寨。接朝廷回复令，王尚书随后派人将西夏的两名被抓获人员押送到汴梁军队最高机构枢密院，进行进一步审问。静难军迅速对西北边关寨营壮大加强，使西北边陲的军力得到了进一步的巩固，邠州一时呈现出“边寨稳定，岁谷屡熟”的和平景象。

话说，江怀玉经过数十天行程，终于回到了四川永泰县。当他走进文家大门，文母李氏便询问文同职务的安排情况，江怀玉将数月来在汴梁候官的事情说了一遍。李氏道：“好！不管安排在哪里，有个职务就行，那我们就准备行程吧！趁早去邠州，以免牵挂。”

几天之后全家人安排好了行程，向邠州出发。经过多日的旅途奔波，于二月初全家人到了邠州。文同将妻儿、父母亲和随同亲属安排在兵部住宅处，他便照常理职公务，闲暇之余仍旧进行书画练习、诗词创作。一日，文同登邠州城后写下《登邠州城楼》诗：

试此望摇落，秋襟成惘然。
客怀伤薄莫，节物感穷边。
断烧侵高垒，微阳入晚川。
年来旧山意，常与雁翩翩。

边陲得到巩固之后，担任“奉诏书”（办理朝廷来往公文）一职的文同工作清闲，于是一心想建功立业的他主动揽工作，经常行巡州县，代州官到地方视察，行使公务。与此同时，他寻幽览胜，鉴古思今，创作诗文、绘画。一时间，文同的书画、诗词，声震邠州城。达官贵人、庶民百姓前来讨要他的书画及诗词新作，他只要有闲暇时间，都会满足来人的要求，不论对方是何身份。特别是逢年过节，文同都要写春联贴在军营，还送与当地老百姓，得到百姓们的高度称颂。

至和三年（1056）五月，邠州大旱，当地百姓奔走数百里，到宁州（今甘肃正宁）的要册池取“神水”祈雨，结果花费了人力，浪费了时间，也未能求来神雨。当地赤地千里，旱魃为虐，人心惶惶。文同急民之所急，受邠州府安排，他采用《楚辞·天问》的体裁，写成《问神辞》三篇：

其一

惟岁之旱兮，叩群灵而寂然。

茧踵汗颡以历它疆兮，俾趋神之所渊。

饰盎缶以借余润兮，辇护以归。

期监乃衷之虔兮，少悼民之凶饥。

巫歌觋舞兮，舌挢而腕垂。

原呼野召兮，翁走而妪驰。

奉新絜以罗庭户兮，日屡荐而益祇。

吾将问神兮，不闵此而曷为？

其二

宁山之环兮宁水之湾，吾神宅兹兮几千百年。

土民所仰兮重如一天，凡旱取雨兮易若手然。

润逐灌洒兮阴随爇烟，尽秦之境兮岁无赭田。

兹夏陇之槁渴兮，风燥而日煎。

吾将问神兮，岂或不职而累前？

其三

神尝以功兮荷天之福，衮画藻火兮冕垂玭。

楼殿辐轇兮楹庑聊属，炫熀煜兮盘山结谷。

幄帟之下兮云藏雨蓄，宜以其润兮惠吾百谷。

胡为自啬兮肆魃之酷？吾将问神兮宠其为辱！

文同给《问神辞》配上当地民歌曲调，教老百姓歌唱祈求天雨。文同此举并非封建迷信，而是安抚百姓。不久天降甘霖，旱情缓解，人们喜上眉梢。邠州民众纷纷夸赞文同为“文君侯神笔”。

八月十五这一天，文同在营中写生作画，突然听到锣鼓声越来越近，他放下手中的画笔，走出门外看热闹，一队民众敲着鼓打着锣，举着牌匾向军营走来，他感到很好奇，不知道这是在做什么。这时这队人向他的住地走来，邠州知州也来到了他的跟前，说：“文通判，邠州百姓们感谢你来了，说你是文君侯神笔，帮民众写的《问神辞》三篇，让民众传唱，感动了天神，天降甘霖，才有了今年的好收成，所以民众们特来感谢你，给你送来了牌匾、贺礼。”

文同恍然大悟，原来是邠州民众来感谢自己的，他立即走上前向民众拱手行礼，向乡民们道谢：“各位乡亲，各位贤达，久旱逢甘霖，这是苍天的福祉，是天恩浩荡，我所作《问神辞》三篇，主要为鼓舞大家抗旱的决心与勇气，能战胜天灾是大家的功劳啊！”民众一阵掌声，都对文同赞不绝口。

这一年经过邠州民众祈雨抗旱，大雨过后对旱死的庄稼进行补救、抢种，后半年又风调雨顺，到秋后，麦子、谷子颗粒饱满，五谷丰登。

文同在邠州军营中任节度判官眼看三年了，任期将满，到了又要进京重新分配职务的时候了。三年的军营生活，使他对朝廷用兵有自己的看法及独到见解。他认为大宋王朝拥有百万庞大的军队，然而统治者们却怕统领军队的将军做大，用“文官挂帅，武官打仗”。“军不知将，将不知军”的局面严重，这样分割兵权，压制武将的做法，实际是自毁长城，会导致士气衰落，军心涣散，致使多次与西夏作战以失败告终。朝廷以割地赔赏来换取暂时和平安宁的方法，终将会给大宋江山的巩固留下无穷隐患。他曾赋《豳州》诗：

昔年戎马尽南豳，今日风光已太文。
雅吹夜喧金府月，靓妆春艳玉峰云。
泉亭柳色浓将滴，水寨荷香远更薰。
逻候不惊烽燧息，高原闲猎旧将军。

文同出于对江山社稷的高度负责，暗示朝廷及邠州军政首脑，决不可掉以轻心，要居安思危。北宋与西夏之间只不过是暂时的平静罢了，日后必然有战事发生，危哉！

第十四回 奉调入京连升两级 激流勇退请命邛州

文同在静难军节度使三年期满，嘉祐三年（1058）春天，邠州地还是冰雪封地，兵部王尚书认为，三年来文同在节度判官位子上尽职尽责，做出了很多成绩，预计他可能在不远的时间内，便会被朝廷调走。他很珍惜文同这样的才子在宋朝大西北静难军的三年，分别之时难免留恋，便准备带领文同再去边寨哨卡走走看看，视察如今边寨的情况。王尚书与文同正准备向边寨出发，突然，传令兵骑马禀报说："这是京城来的文书。"王尚书接过信函打开一看，说："这是调文同进京城的信函。文判官盼望的函件终于到了。"当晚，邠州知州设宴款待文同及家人，为文同饯行。

文同经过朝廷的馆试，终于被选为京官，任职太常丞。好事成双，新年刚过，文同的二儿子文葆光考中了进士。嘉祐四年（1059），文同在京城西冈租了一栋简陋住宅，一家十口搬进去居住。

安顿好家居后不久，文同再次参加了朝廷的召试。召试是宋代选拔官员考试方法之一，由朝廷直接召试应试，进士出身并且已经任职的官员均可以献文求试，或被推荐，特旨召试，合格者被授予秘书省馆职。宋朝的秘书省设召文馆、史馆、集贤馆，合称“三馆”，分掌图书、经籍、修史等工作。又设秘阁、龙图阁、天章阁，以藏图书、经籍及历代御制典籍，这些馆阁均设在崇文院内，其官员统称馆职。崇文馆实际上就是国家最大的图书馆，它兼有培养和储备高级官员的职能，宋朝的宰辅重臣多出于馆职，所以入选极不容易，一经此职，遂为名流。

通过严格地考核，文同终于成功入选馆职，判尚书职方（属兵部，掌地图、图经之官）兼编校史馆书籍，文同入仕十个年头，终于连升两级。文同十分感念，在《谢馆职启》中写到：

伏蒙圣恩，授充前件。职者程父禁林，幸被诏宠。列职秘馆，谬叨恩荣。度衷枵孱，抚己惭惧。伏念某出自远蜀，生于穷阎。逢时之文，从事于学。性自扑鄙，才非淹长。吟磨简编，力不逮古。撰缀辞语，强无由高。名闻寂寥，迹绪奇蹇。退守旧业，田园皆荒。进于荣途，道地逾远。响繇选艺，闾里偶尘。荐书外名，殿廷误中。科级是后，更佐两郡。行周十年，近缘公章。入改朝序，尚兹僭妄。敢尔侥希，攀授前人。引例著令，愚悃上达。宸音下俞，委之耆儒。较以旧学，并取者众。独知最难，洎试渊题。加多冗思，小巫未进。灵气已销，大匠在前。汗颜不止，飞景将入。芜音仅成，机杼不工。痕疵固满，猥当奏览。常待报闻，敢期清流，亦用微品。窃谓图书，之府，英隽所躔亡。似而居，有腼其面。静惟之致，良有所阶。此盖伏遇某官，奖育微才，推扬介善。言辨藏否，人为重轻。眷兹单平，阴所提振。是致懦品，亦外华阶。惟精乃心，以辨厥职。庶酬己目，无玷恩陶。卑情无任，感荷激切之至。

自己入选馆职，更感重任在肩，崇文院内英俊集聚，自己只有加倍努力，才能无愧于朝廷的知遇之恩。

兵部王尚书很赏识文同的才干，这天他来到崇文院，将文同引荐给司马光，文同的文学才能及政见深得司马光赏识，临走时，文同将自己一部分书画作品赠送给司马光，司马光看后连声赞叹！

又几日，王尚书又向王安石引荐文同。王安石对文同早有所耳闻，适逢彼时王安石正在筹谋变法事务，便让文同谈谈对变法的个人看法。

文同则直言不讳地说："发展生产，富国强兵，拯救政治危机，确是国家之急。社会需要变革，变法是时代的需要，然而这是牵一发动全身的事，涉及到政治、经济、军事、社会、文化各个方面，也牵扯到各阶层人的利益，真正执行起来难度很大啊！于我个人而言还没有能力辨别关于变法的观点，请丞相谅解。"

王安石听出文同回避敏感的政治话题，认为文同应该是一个成熟的政治人才，便不再把话题继续下去。

在京城，"以学名世"的文同结识了朝廷内外的许多文人士大夫，并得到他们的敬慕。

嘉祐元年（1059）二月，苏洵在四川眉山办完亡妻程氏的丧事，领着两个儿子苏轼、苏辙回到京城，也居住在西冈南城，距离文同家不远。苏洵被朝廷授秘书省试（没有通过正式考试而暂用）秘书郎。文同按辈分称呼苏洵表叔，文同的奶奶是苏洵的姑姑，因亲缘关系苏洵一家与文同走得较为亲近，经常在一起交流诗词书画及创作心得。苏洵让其两个儿子苏轼、苏辙拜文同为师，学习书法绘画。苏洵是当时的散文大家，苏轼、苏辙兄弟也崭露才名。由于苏洵这位大散文家的赞颂，使文同的画作及诗词在京城影响不断扩大，文名日盛。京城的百姓们也常前来索要作品，他在公务之余总是尽量满足他们的要求。有的达官贵人送来金钱及贵重物品换取文同的书画，但是文同一概谢绝。文同虽然家居简陋，但他贯行“君子不言利”，拒绝使自己的书画作品沾染铜臭味，更拒绝用书画作品为桥梁趋炎附势、巴结权贵。文同的风骨和气节深得民众的尊敬。

嘉祐五年（1060），一场秋雨过后，天气渐渐变凉，中秋节的这天，也是官员们休息的时候，文同起床后感到天凉，又进屋里添了衣服，然后缓步走出门外。他刚走出门不远，两个小孙子喊着：“爷爷，爷爷，把我们带上！”一会儿，两个娃娃跑到了他跟前，文同心里很是欣慰，一手拉着一个去一处商铺给孙子买了吃食，然后又把孙子送回到他们的母亲身边。他自己向郊外走去，站在一片牡丹园旁，感受着自然的气息。

文同正在思考着自己殿试进士及第之后，两度离开京城，又两度进京城的历程。转眼间，十余个年头过去，自己在政治上却无甚建树。今已年过不惑，他不禁感到惋惜而唉叹！

忽然，前面路上走来了两人，文同略感眼熟，但他并没有理会。然而这两个人从文同面前走过之后，又折返回来，站在了文同跟前，招呼道：“哎！这不是文节度使吗？你怎么又回京城了？咱们可真是冤家路窄，今日又见面了！”

来人正是文同的旧日同窗樊东和他的父亲樊维湘，文同自然不愿再见这两人，但冤家路窄，他也不愿横生枝节，便回答说：“这可是有缘了。”

樊东历经生活的磨砺，已从曾经的飞扬跋扈，变得好像平易近人多了，他招呼说：“文节度使，你从静难军又回京城了，这次一定是高升了吧？”

文同被樊东这么一恭维，心理欣慰了很多，似乎有多年来的积怨一下子化解之感。他心平气和地回答樊东：“多谢你的关心，这次从静难军回京城，入了集贤院，进升了两级，现在正在编撰《唐书》新本哩。”

樊东及樊维湘听到此节，心里都是咯噔一下，心想，这小子未免升得也太快了，上次你候官的时候，我们通过关系，四处给文彦博造谣，使身为丞相的文彦博没有给你帮上忙，把你弄到静难军去充了军，以为西夏犯边，那里便是你的葬身之处了。没想到你不但没死，还立了功，竟然一下连升两级。樊东马上敛起皮笑肉不笑的面容，道：“恭贺！恭贺！文节度使不愧是个奇才！”

话落，樊东对着他父亲道：“走！咱们走吧！砍竹子遇节把，我就不信拿他没有办法。”说罢便扬长而去。

文同听到樊东这番酸言酸语，似是话中有话。他本想出来散心，没想到又遇见了樊家父子，感觉到心情很不愉快，决定折身回家。

文同回到家里，夫人卫氏见他一脸不高兴，便问：“你高高兴兴出去，怎么垂头丧气回来，是谁惹你了？”

“唉！别问了，又碰见那樊家父子了，与那个好事的樊东争吵了一番，可真是冤家路窄啊！”

妻子道：“别跟那些人一般见识，以后见着他们躲开就是了。我们惹不起他们，难道还躲不起他们吗？”

文同笑笑说：“我只怕那些人丢了官职会泄私愤，总觉得不平静。”

这日下午，苏洵提了两坛酒来到文同家，说今晚要和文同喝酒，文同见是苏洵来了很是高兴，道："我正想着今晚赏月饮酒之事，没想到你正好来了，好得很，我叫刘厨师多烧几个菜，今晚我们喝他个不醉不休。"

苏洵道："这段时间事务忙，你我相聚的时间少，这不我的酒瘾又犯了，今晚好好喝一场。"

刘福厨师，是四川永泰人，在汴梁开酒店为生，由于生意不景气，文同便把他聘为家厨，给自己一家十余口人做饭。刘厨师烧得一手竹子宴，文同特别爱吃。

刘厨师一番忙碌，终于备办好了菜肴，文同、苏洵、苏轼、苏辙、杜林蓬、江怀玉、文美珠，及文同的儿子文朝光、文葆光等人相聚在一起，大家说说笑笑，气氛很是热烈。文同举起酒杯说："今日承蒙表叔与我们一起过中秋，也难得我们两家三代人聚在一起，大家举杯共饮，欢度中秋！"大家都举起了杯子，一饮而下，就这样连喝了三盅，气氛一下子上来了。一群人喝酒、作诗、行酒令，好不热闹。

酒过三巡，长夜过半，这时席上的人酩酊大醉，渐渐散去。苏洵看到小辈们都走了，便同文同坐下来边喝酒边谈论国务。聊到如今朝中斗争激烈，王安石与司马光两派水火不相容，两人俱是一阵叹息。想到这里，文同突然一愣，自己的舅父李调元婚娶王安石之女，司马光又是自己的好友，这也让文同十分为难。

夜已很深了，但李白的诗句"举杯邀明月，对影成三人"蓦然浮现在文同的脑海中，他望着窗外心情久久不能平静。苏洵举杯与文同一碰，两人又喝下许多酒后，才相互作别。

文同将表叔送出门外远去后，自己回到家里，但躺在床上怎么也睡不着。他联想起自己刚来到京城时，王安石不时地勉励自己，还说要在条件合适的时候到他那里共事。他又与司马光不相容！司马光更是我家的至交，自己的儿子葆光与他家女儿又很要好，这不让人两为其难吗？这宫廷深，斗争紧，道不同，事难成。处在这双方矛盾的中间太难了。突然，有一个念头闪现在文同眼前：去做地方官，做一个百姓爱戴的父母官。他闭目思考了很久，然后又自我否定了，成为京官谈何容易，这么轻易放弃，不是自废武功吗？大宋有多少官员梦寐以求做京官，但又有几人能进到这个圈子里呢？此事实在难以决断，使他经常难以入眠，变法的领袖王安石与守旧派的元老司马光都是自己的至交好友，他不愿意站在任何一个人的对立面，他想起了候官时的悲惨遭遇，想起了樊东的多次骚扰，他感觉这里就是是非之地，倒不如退步抽身！于是，文同决定离开朝廷到地方去，做一个有利于百姓的地方官，为民众做实事情，造福百姓。

为了不被上司、好友误解，文同作诗文为自己请调还蜀造势，他在《送蒲霖中舍致仕归阆中》写到：

急趋长拜倦劳劳，自笑风埃满绿袍。
官味十年如水薄，归心一日共云高。
毫釐已悟蜗争角，文采须知凤得毛。
且喜还家收拾在，锦屏山下旧东皋。

为了走得无是无非，文同将自己思念家乡，思念年事已高的双亲的情感写成诗《临高台》一诗：

临高台，望故乡。
地千里，天一方。
极目外，空茫茫。
孤云飞，不我将。
安得羽翼西南翔。

他将此诗送给王安石、司马光、苏洵等人，乞求斧正，其真实意图是委婉表明自己的心迹，避免自己招致“避”“逃避”“不满”等罪名。文同得到王安石、司马光、苏洵等的肯定，也避免了官场上的许多暗流涌动和闲言碎语。

主意已定，决心已下，文同要离开这普天之下人们瞩目向往的大宋政治中心，心中难免有割舍不掉的留恋之感，但是既定的主意不能修改，他伏案给仁宗写道别书，向朝廷递呈了请任邛州通判的奏章，重阳节这一天他亲自递交给朝廷，仁宗皇帝准许了他的请求。对此文同感激不尽。

嘉祐五年（1060）初冬，虽为冬天，却天气晴朗，日丽风和。文同获准携家返蜀，赴邛州任职，他们准备好了车马行程，文同回望繁华的京城，一种难舍难分的情绪击打着他的心灵，他不禁感叹世事多变迁。

文同的突然离京，令很多好友惋惜，他们也纷纷前来为他送行。范镇作《送文与可邛州通判》诗相赠：

半刺为官美，临邛自古名。
何言缇轼宠，要侍版舆行。

仙籍新年贵，宾僚旧日荣。
壶浆故父老，应在半途迎。

他羡慕文同激流勇退，选择荣归故里的举动。文同上前紧紧握住范镇的手，二人真挚地拥抱在一起。

苏洵来了，他为文同这一决定感到高兴，脱离了宫廷斗争的苦海，去为官一方，未尝不可。他叮嘱文同说："到地方好呀！做的是人间实事，品尝的是人间烟火，眼观的是大好山川，是很愉快的事情啊！你可要经常给苏轼、苏辙他们通书信，交流书画，品评文章，促使他们不断进步！"文同满口答应。

王安石握住文同的手，无言的心声通过双手的接触互相传递到心灵深处。他为自己在朝中少了一位得力干将而痛心，他又为自己在地方中多了一位务实的好官感到高兴。他写了《送文学士倅邛州》一诗：

文翁出治蜀，蜀士始文章。
司马唱成都，嗣音得王扬。
荦荦汉守孙，千秋起相望。
操笔赋上林，脱身选为郎。
拥书天禄阁，奇字校偏旁。
忽乘驷马车，牛酒过故乡。
时平无谕檄，不访碧鸡祥。
问君行何为？关陇正繁霜。
中和助宣布，循吏缀前芳。
岂特为亲荣，区区夸一方。

王安石在诗中已把文同当作了循吏，称赞文同的文才和声名可与汉代文学家司马相如比肩。目前朝廷正需要你这样的人才，干出一番大事业后，就会像先祖文翁一样名列《循吏传》而千古流芳。到那时岂仅是亲人光荣，全社会的人都会称赞你。王安石旗帜鲜明地希望文同支持自己的变法主张。

文同握住王安石的手默默点头。对王安石这段刻骨铭心的鼓励话语只有在心里隐隐感激，他对王安石说："王丞相，感谢你的鼓励和善言，既然我选定了这条路，那就沿着这条路走下去。天下黄土都能养人，天南海北都可为江山社稷尽忠，只要是一心为朝廷，为百姓，我想走到哪里都有我用武之地。"

王安石道："好！有你这样的朝臣是社稷之福，我期待着你为官一任，造福一方。"

文同道："我一定不辜负皇上及丞相您的厚望，努力尽职，鞠躬尽瘁。"

司马光也为自己在朝中少了位知心朋友而惋惜惆怅，他感慨地说："人生际遇便是如此，分分合合皆是平常事，有缘日后定会相见。"

文同携着家眷随车马离开了京城向邛州行去，天黑了，他们住客栈休息，第二天又早早启程，冬日的阳光伴随他们全家二十余口人向蜀地奔袭的身影，似乎顺风顺水。走着走着文同听见了马蹄的声音，他便回头向后面望去，原来是一个骑着枣红大马的人正在向自己的方向追赶来，他便让车马停了下来，以等待来人。

来人跳下马来，告知文同他是奉仁宗皇帝的旨意、邠州州府之差遣邀请文同去邠州讲学，随即将圣旨交给文同，文同看后便问："现在我们走到哪里了？"

杜林蓬说道："应该是在窦县。"

文同说："咱们原本要往西南走，现在要往西北去，这二十余口人，绕这么大的圈，要多走很多路，我看咱们不如分两路，我同杜林蓬、江怀玉、素萍及两个娃娃去邠州；文美珠、葆光等人运送行李还向老家四川去。我们到邠州完成皇命后，从邠州再返回蜀地，大家看行不行？"

大家同意文同的建议，就这样简单分工后，一行人又继续上路。

俗话说"近水楼台先得月，向阳花木易逢春"，杜林蓬常年紧随文同的左右，成为文同任职的得力助手，并与文同的妹子文美珠常在一处，久而久之，二人便日久生情。由于在京城汴梁，文同无法及时与父母沟通，便自己做主答应了杜林蓬与妹子文美珠的这桩婚事，并在汴京城南给二人办了简单的婚礼。今日因事要突然分别，不舍的情绪涌上二人心头。

第十五回 为社稷心系之庙堂 丁忧不忘百姓疾苦

文同一行经数日长途跋涉，终于到达了邠州，受到了邠州府和邠州百姓的欢迎，文同安置妥当后，就开始给邠州府学学子授课，教材多，任务重，为了早日完成仁宗皇帝下达的旨意，文同每天晚上都要备课到深夜，白天时间也安排得满满的。文同学识渊博，为人谦和，讲课深入浅出，联系实际通俗易懂，深受学子们的爱戴。

数日过去了，邠州的天气一天天冷起来，文同所要教授的课程已基本讲完，这天他向邠州知州汇报授课情况，说明自己已完成任务，并表明自己准备返回蜀地的意头。

知州道："文先生来邠州授课，夜以继日地工作，辛苦了！他们有人说，听文先生一堂课，胜读十年书哩！学子们都盼望你能继续留在邠州传道授业啊。"

文同婉言谢绝道："我们是朝廷命官，随时听候朝廷的差遣，如今我任务既已完成，也该启程返回蜀地了。"见文同心意已定，知州便也不好再做挽留。

就这样，文同离开了邠州，向目的地四川出发了。一家人冒着冬天的寒冷，翻秦岭，越巴山，进入到川北，气候渐渐温和，来到广元朝天驿码头乘船顺嘉陵江而下，经阆中回到故里永泰县。

在与亲友们欢聚之后，文同对自己阔别多年的家乡山水感到格外亲切，他每天徜徉在故乡的山水之间，徜徉在天府之国的温暖怀抱里。他在赏景中回忆往事，回忆着自己有趣的童年。他时常品味着范仲淹《岳阳楼记》中“先天下之忧而忧，后天下之乐而乐”的句子，思索着社稷江山的未来，更思索着自己的前程命运，也为自己赴任邛州做好准备。同时他写下了许多诗篇，以抒发自己的情怀，一日，他在外游览，到得一处佳景，他有感而作《东谷沿小涧树木丛蔚中有圆潭爱之久坐书所见》：

野水泻古穴，石岸盘回渊。
飞尘不可入，竹树围清涟。
静往得胜玩，深居逃俗缘。
寒光照烦襟，景寂心自圆。
枯篁蹲碧禽，垂颈窥沉鲜。
对之不敢动，相望两俱禅。

文同在诗中运用许多佛家、道家词汇，透过看似平静祥和的表面现象，感悟出生存竞争的深刻哲理。你看那翠鸟和鱼儿正一动不动地相持，可以预见，一场惊心动魄的猎杀即将展开，这场景怎能不让人联想到当今边疆岌岌可危的形势。三年间的静难军军营生活使他刻骨铭心，然而自己亲自捉拿的西夏谍探交给朝廷处理，却至今没有一个妥善的结果。国家的命运前途，令人担心啊！他将满怀“悲天悯人，忧国忧民”的真挚感情写在这首诗里：“对之不敢动，相望两俱禅”。树欲静而风不止，多么希望朝廷时时刻刻高度警惕，随时做好对西夏、契丹的应战准备。

三月中旬的巴蜀大地春暖花开，风和日丽，一大早，文同就携父母及妻儿老小，取道绵州前往邛州上任，他的好友鲜于侁此时正巧知绵州。鲜于侁邀请文同在自己帐下休息，留其住宿，并请文同为其所修“伐木堂”作文以记之，文同欣然应允，为之撰文《绵州通判亭伐木堂记》，高度赞扬鲜于侁面对绵州“吏贪成风，怨声载道”的风气进行斗争，光明执法，“严惩纲纪，于非分之财利，一切弗取”的清廉品格，促使绵州太守与众官吏尽相仿效学习。绵州一时风清气正，面貌焕然一新，声闻州县。文同的撰文，使鲜于侁为政清明，才干出众，勤于治学的循吏作风通晓于天下，引起社会巨大反响，连成都府都派人来绵州取经学习。

随后在鲜于侁的陪同下，文同一家人游览了西山观、子云亭、越王楼、芙蓉溪、富乐山等绵阳名胜。当文同一行来到富乐山寺时，突然遇见了二十年前在成都游学时相识的僧人及诗友海乐法师。二十余年未曾见面，当日一见如故，互道衷肠。海乐法师留文同一家老小在富乐山寺小住，并邀请文同在富乐山寺岩石刻字留念，文同愉快地答应了。

第二天文同在富乐山寺岩石上刻字。文同题记：“太常丞秘阁校理文同，嘉祐六年三月十七日赴临邛倅，挈家游富乐，同得诗友海乐上人题此。”海乐法师看完题字很是欣慰，文同的这幅留言也在富乐山寺得以保存。

邛州百姓都知道文同的为人，所以他再任邛州时，受到百姓的欢迎和拥护。他更熟悉邛州的民情，处理公务得心应手。同时文同特别喜爱美化公共环境，他用自己的薪俸打造东园，栽竹、种花、建亭，并经常在园中吟诗作画。他同时到民间去访贫问苦，了解劳动人民的疾苦。不到两个月时间他走访了邛州的三个县，并到偏远的乡村实地勘察。

这天文同从外地巡察回来后，家门口围观着好多人，他心头一惊，不知道是喜是忧，他连忙走近，才知道是自己的父亲文昌翰突发疾病而亡。文同一下瘫坐在地上，号啕大哭。是父亲一路陪伴才使自己成人成才，是父亲的严教才使自己有了今天的成绩，然而父亲尚未享到自己什么福气，就蓦然去了。文同流泪不止，听到他悲恸的哭声，好多围观的人也跟着流泪了，便来劝说文同节哀。父亲的突然离世，对文同而言实在是割心割肝啊！自己一点孝道尚且没有尽到，文同感到愧疚，感到痛彻心扉。邛州知州知晓文同父亲突然病故的事情后，也亲自上门慰问。

按照宋制，官员遇父母亡故，一般皆解除官职，持孝服三年叫“丁忧”。文同向成都府吕公弼辞官，回家乡永泰为父亲守孝三年。邛州知州将文同来邛州上任的事迹报告给仁宗皇帝，不久皇帝圣旨下至永泰县，追赠文昌翰秩位再进棘寺（朝廷负责详断各地奏报案件的官署大理寺）丞。

文同虽然服丧在家，却心系民生疾苦，他经常穿梭在田间地头，茅舍山寨，与劳动人民交流，访贫问苦，了解民情。

他细致地观察采桑女每天早出晚归，辛辛苦苦饲养蚕茧，是为了向官府缴纳赋税，他在《采桑》中写道：

溪桥接桑畦，钩笼晓群过。

今朝去何早，向晚蚕恐卧。

家家五十日，谁敢一日惰。
未言给私用，且以应官课。

为了更加深入了解民生疾苦，他借宿在一户农家，与一位八十岁老翁在灯下交谈，老人不说话，只是用手擦眼泪，是因为他家遭受蝗灾，颗粒无收，面临的是饥饿和死亡，即便如此，还要给朝廷缴纳税赋，不知怎么活下去。文同在《宿东山村舍》中写道：

八十雪眉翁，灯前屡歔欷。
问之尔何者，不语惟拉泪。
良久云“老矣，未始逢此事。
种粟满川原，幸已皆茂遂。
喜闻欲登熟，近复失所冀。
有虫大如蚕，日夜啮其穗。
群鸦利虫食，剪摘俱在地。
驱呵力难及，十止余三四。
供家固未足，王税何由备！
瘠土耕至骨，所得几何利！
又令遭此祸，不晓上天意。
在世幸许年，必以饥馑死。”
闻之不敢诘，但愧有禄位。
移灯面空壁，到晚曾不寐。

文同对百姓的痛苦深表同情，为自己拿着国家的俸禄，却不能解除百姓的痛苦而深感羞愧。

在“丁父忧”期间，文同对家乡养蚕、缫丝、织绢等产业深入了解，他看到一位织绢女，每天辛勤劳作，累得肩膀都抬不起来，双脚被踏板磨出了死茧，才终于织成一匹布，而父母急匆匆抱着布匹去纳税，监官却认为不合格，把雕有大字的印章，直接印在了绢匹上。织女一家只好互相看着没有话说，流着眼泪回家，无奈只好做成衣服自己穿，买来丝线重新织绢，织女通宵达旦不停地织。谁知第二天催税官吏又找上门来叫骂，文同对这种官吏恨之入骨。于是，他感触颇深地写出了《织妇怨》，描写了织绢女的悲惨遭遇。

掷梭两手倦，踏笲双足趼。
三日不住织，一匹才可剪。
织处畏风日，剪时谨刀尺；
皆言边幅好，自爱经纬密。
昨朝持入库，何事监官怒？
大字雕印文，浓和油墨污。
父母抱归舍，抛向中门下；
相看各无语，泪迸若倾泻。
质钱解衣服，买丝添上轴。
不敢辄下机，连宵停火烛。
当须了租赋，岂暇恤襦袴。
前知寒彻骨，甘心肩骭露。
里胥踞门限，叫骂嗔纳晚。
安得织妇心，变作监官眼！

此文发出，得到底层劳动人民的拥护，他认为：官员是从民众中来，必须向朝廷反映民众中事，只有民富才能国强，只有民安才能国宁，充盈国库，不能靠盘剥百姓；只有开辟市场，才能使百姓受益，国家得利。自己个人的升迁是小事，国家的稳定发展是大事，所以文同无论走到哪里都及时地将地方上存在的问题写成状子反映给朝廷，这是他身为臣子的责任。他没有考虑过朝廷改革派大臣与守旧派大臣对自己的看法，没有考虑过个人的得失，因此赢得百姓的爱戴和拥护。

他特别喜欢家乡生产的鹅溪绢，它是文人墨客用作书画材料中的精品，文同对鹅溪绢情有独钟，经常购买用来绘画，他在诗中写道："拟将一段鹅溪绢，扫去寒梢万尺长。"表示他在家乡的鹅溪绢上尽情书写，画出竹子的有挺拔入云之气势，如千里阵云映长空。从此鹅溪绢因文同名扬于大宋王朝，后来他把鹅溪绢带到洋州，在筼筜谷绘制出墨竹图，影响深远，流芳千秋。

嘉祐八年（1063）四月，仁宗皇帝驾崩，宋仁宗是宋代帝王中的明君圣主，在位时间长达四十二年，其间国家太平，边境安定，经济繁荣，科学文化发达，人民生活安定。仁宗当政期间，政府正式发行了世界上最早的纸币——"官交子"（相对于"私交子"而言）。

仁宗性情宽厚，不事奢华，还颇能约束自己，因此他受到古代历史学家、政治家的称赞。据史料记载，有一日，他处理政务直到深夜，顿觉疲惫饥饿，很想吃一碗羊肉汤，但他最终忍着饥饿，没有要求宫人去做。第二天皇后知道此事，就劝他："陛下日夜操劳，千万要保重身体，想吃羊肉汤，随时吩咐御厨就好了，怎能忍饥使陛下龙体受亏呢？"仁宗对皇后说："宫中一时随便索取，会让外面看成惯例。我昨夜如果吃了羊肉汤，厨下以后就会夜夜宰杀，一年下来，就要数百只。若形成定例，日后宰杀之数更不堪算计。为我一碗饮食，创此恶例，且又伤生害物，于心实在不忍。因此我甘愿忍一时之饥。”足见仁宗的体恤和谦仁。

当仁宗去世的消息传出后，“京师罢市巷哭，数日不绝，虽乞丐与小儿，皆焚纸钱哭于大内之前”。市民们自动停市哀悼，焚烧纸钱的烟雾飘满了汴梁城的上空，以致“天日无光”。当时有一位官员前往四川出差，路经剑阁，看见山沟里的妇女们也头戴纸糊的孝帽哀悼皇帝的驾崩。

当讣告送达辽国时，大辽的皇帝也十分难过，将仁宗送给他的御衣“葬为衣冠冢”，岁岁祭奠。时人路过永昭陵，在陵寝的墙壁上题诗道：“农桑不扰岁常登，边将无功更不能。四十二年如梦过，春风吹泪过昭陵。”

得知仁宗皇帝去世的噩耗，文同悲恸万分，难以自抑。他感念仁宗皇帝对自己的赏识和提拔，感念仁宗皇帝的宽容仁厚，于是他提笔写下《仁宗皇帝挽诗十首并状》（选六），感喟自己不能服侍近前的悲哀：

同前在草土，伏闻大行皇帝奄弃天下，号慕摧咽，无以胜处。窃念同本远方岩野之人，偶用词业，以干仕进，大行皇帝亲考其艺，赐之科第。寻得召试，擢置馆阁。怜其亲老，又与便地，俾得荣禄，以给供养。不幸前岁罹家祸，解官去职，持服乡里。居常自谓：同也何人？草茅之姿，蝼蚁之命，叨被恩泽，如此深厚，但恨未有死所不能上报万一。昨者大讳之日，以故不得随从列辟，朝夕哭临，臣子之心，实为大痛。伏见山陵择日在近，同羸病初起，复不能奔走匍匐，执役斥土，荷锸负畚，以先吐众。谨齐戒撰成永昭陵挽诗十首，缮写共一轴，非所以尽五内屠裂之意，聊以助天下昆虫鸟兽悲吟哀叫之一声云。

其一

绪业承三圣，规模盛一王。
朝廷周礼乐，庠序汉文章。
殊俗皆归往，蒸民尽乐康。
帝功如此大，宜享寿无疆。

其二

徇速承王后，聪明复辟初。
恩波同海浸，刑网比天疏。
屡有搜贤诏，曾无谏猎书。
惟余封禅事，应恨缺蒲车。

其三

求治亲垂诏，观文自著图。
何曾凭喜怒，未省蔽谗谀。
尘世留徽号，烟霄返旧都。
悠悠增策验，难问鬼臾区。

其五

政殿咨丞弼，经筵引俊髦。
未尝耽逸乐，终是过焦劳。

归路三山远，遗台万古高。
小臣无分去，定拥堕髯号。

其七

浮世期云尽，清都位欲传。
秉圭徒请命，脱屣遂登仙。
遗泽流天下，重光照枢前。
几时来甲观？更待一千年。

其十

史祝周坛日，人忧杞国时。
饮池无善效，颡水有遗辞。
仙仗朝三后，蕃仪集四夷。
从今河与洛，长泻凤台悲。

诗中表达了文同对仁宗皇帝的万分敬仰与哀痛之情，但是文同知道，历史的潮流滚滚向前，不会因自己的思念悲痛而改变历史前进的方向，仁宗去世，英宗即位，朝廷的政局将发生巨大变化。文同对自己的仕途已经有了打算。

第十六回 避宫廷嫌再回邛州 怀抱负与苏轼长谈

治平元年（1064）六月，巴蜀大地暑气薰蒸，日光灼人。文同站在家门口，眼望无垠的天际，心中生出无限感慨。为父丁忧三年了，除感到对父亲没有尽到孝道责任外，更为深刻地了解到劳动人民的疾苦。身为朝廷命官，只有为百姓解除苦难，才能算作一个好官。而自己尚且没有完成使命，实在是问心有愧。眼看服丧期满，他将要重返职位，这或许是一个新的开端。不久，他又要启程前往汴梁等待朝廷的再次任命。

文同从自己的老家永泰出发，依然与杜林蓬结伴同行，去往京城汴梁，以等待朝廷的重新任命。论辈分文同称呼杜林蓬叔叔，但论年龄，杜林蓬只比文同大四五岁，如今杜林蓬又与文同的小妹结了亲，可谓亲上加亲。路途遥远，二人一边赶路，一面闲聊，说话间，天渐渐黑了，他们找路人打听了，知道自己现在所在的位置叫花村，是通往褒斜道的一个小村庄。他们寻找了一家驿站，住了下来。文同问客栈掌柜："掌柜的，我瞧见这里风景大好，不知可有适合游览的名胜风景？"

掌柜道："历史上著名的石门栈道距这里不远，你们明天可以去看看。"文同和杜林蓬听罢，便决定明天一定要去领略一番。

第二天一早，文同与杜林蓬骑着客栈提供的马匹向石门栈道奔去。这里山势险峻，翠峰林立，怪石嶙峋，崖壁陡峭。文同走过书法瑰宝石门十三品遗址，用手触摸崖上石刻，又来到张良曾经立过的桥上，那远去的历史画面如同浮现在他眼前。晚上回到客栈，文同便写下了《游石门》：

凌城走马过花村，朱玩玉盆到石门。
细想张良烧断处，岩前伫立欲销魂。

杜林蓬看完文同《游石门》赞叹不已，建议说："有时间应该把你写过的诗篇分门别类整理出来，便于供后来人学习研究。"

文同说："你可太抬举我了，我不过是有感而作。"

杜林蓬真诚地说道："与可你太谦虚了，你的诗作定会千古流传的。"

文同岔开话题说道："不争论这些了，看我们明天的行程吧！"

杜林蓬说道："去汴京，近道应该是傥骆道，走褒斜道是远路啊！"

文同说："傥骆道难走，且常有劫贼出没，当年我们上京赶考的时候在傥骆道不就让劫贼给抢了吗？为了安全我们走褒斜道。另外，走这里我还有别的事情，我的表亲苏轼在凤翔县任签书判官，咱们顺道在他那里住上一段时间，游历几日再进京！"

杜林蓬道："好！那就听你的安排！"他们两人经过多日行走，终于到达陕西凤翔府，苏轼热情地接待他们，文同年长苏轼近二十岁，二人却是忘年之交，见面总有叙不完的话。

这日，苏轼来到文同住处，说：“今日我就不回去了，同文兄一起好好聊聊。”

文同问苏轼道：“子瞻，如今新皇已经即位，你对我朝当下的局势有何看法？”苏轼答道：“就目前情势而言，官家是继承先圣遗志的，方向不会有大的变化。只是官家日前正着力于追封濮王一事，朝臣们也是争执不休。”苏轼又道：“凭借文兄的才能和为人，若在朝中定有大作为。当初你既然已经任馆职了，却又自请到地方上任职，实在可惜，文兄你不知道多少人都在为你惋惜。”

文同道：“通过议宗室袭封事，我彻底懂得，宫廷斗争，是没有对错之分的，只在乎你脚下行走的方向，方向对了将会前程无量，假若踏错一步，则会一落千丈，乃至万劫不复。与其在朝中战战兢兢，如履薄冰，不如到地方上去为老百姓做些实事。况且能回到家乡做事，更是难得的机遇。”

苏轼道：“也好！文兄你有如此襟怀，我十分佩服。”

文同说：“这次去汴京等待重新任命，我已想好了，直接向官家请求回蜀地任职，也免得在京城再等待那么长的时间。”

此时秦岭脚下的凤翔县城，已沉寝在茫茫的夜色中……

几天后文同告别苏轼，向汴梁走去。经过数日的赶路，文同与杜林蓬再次来到京城，二人稍作几日休息，他便向宋英宗提出了仍回蜀地任职的请求，宋英宗体谅文同的孝心，恩准了他的请求。文同的心踏实下来，在汴京，他会见了相识的上司及自己的故交朋友，在一起聚餐饮酒，理好任职手续后，这年冬天，文同回到了四川。

成都府知府韩绛得知文同回蜀任职事非常高兴，当即上表推荐文同出任汉州（今四川广汉）通判，朝廷同意了韩绛的建议，文同便赴汉州上任。

不久韩绛离任成都府，接替韩绛任成都府的是文同当年任邛州军事通判时的下级，也是文同的好友，叫赵抃。前知府韩绛，是王安石变法的坚定支持者，后知府赵抃却为政简易，从严治吏，自奉甚俭，蜀中官风良好。赵抃反对新法，文同对二位上司很敬重，但不愿意借助他们的势力往上升迁，以免再次卷入党争的漩涡。

文同在汉州，务实工作，深入群众，重视教育，为汉州的农业水利发展出谋划策，深得人民好评。

第十七回 斩断乡俗救人性命 再弃荣华深入基层

治平二年（1065）夏秋之际，文同受命权（代理）邛州知州事，文同三仕邛州，终于能主政一方。他将自己多年来任职地方官的经验进行总结：要做好地方官必须深入群众，了解民间疾苦，了解乡土乡情及乡俗，知道百姓所想，从而实际地开展工作。他每到一处，月月有巡察，深得民心。

治平三年（1066）春天，风和日丽的一天，文同去邛州北部的一个村庄巡察，未穿戴官服，只随行带了杜林蓬及江怀玉两个人去地方调查。他们来到一个偏僻的乡村，看到一个家族正在隆重召开家族大会，出于好奇文同一行人前去探查，混在人群中。经了解，这户家族姓郑，在当地是个较大的家族群，听说是族民违犯了族规，要按族规处置。根据违规程度的轻重，给予犯族规之人定罪，轻者关禁闭，重者受处罚。听说这次是两个同族郑氏青年男女通奸并怀身孕，其罪被定为死罪，进行沉江处理，以儆效尤。临近的民众听到此消息，都来郑家观看族规惩处现场。

沉塘大会在郑家祠堂进行，这里红烛高照、灯火辉煌，安放牌位前的供桌上摆满了各种贡品，人们进入这个庄严的祠堂都低着头严肃地站成排，两个青年被分别捆绑在两扇木板上，放在牌位前，让其给先祖谢罪。

按照族规，除郑氏家族以外的人是不得进入祠堂的，文同及杜林蓬、江怀玉和一帮外族群众只能站在郑家祠堂的院墙外观看处罚。

午时三刻族长宣读罪状："郑氏族人郑大强与郑雪梅，违犯族规，违犯伦理道德，通奸并使女方怀孕，按同家族不能通婚的祖规，二人行为扫尽郑氏家族颜面，破坏了族中法规。为正视族规，正视族规法纪，以儆告家族青年男女，不再犯类似错误，特将郑大强、郑雪梅处以家规最高刑罚，沉塘！"这时几十个青年男子，分别抬着郑大强和郑雪梅的木板向川江走去，要对二人进行沉江处理。

人们跟在后面向江边簇拥，文同看傻了眼，两个活生生的生命，就这样眼睁睁看着让族规给夺走吗？这不是在草菅人命吗？这个族规难道比国法都大吗？尽管青年男女破坏了族规，也不至于让族规民俗随便要了他们的性命。文同想到这里，不知道普天之下又有多少青年男女也遭受着这样同样的厄运。他立即叫道："杜林蓬、江怀玉，去川江阻止他们！有阻拦者按故意杀人罪论。"

杜林蓬、江怀玉应声前往，文同紧跟其后，他们追赶到江边，只见木板上捆绑着的两个人刚刚沉入水底，文同说："快！赶快去将人救上岸来！"

杜林蓬、江怀玉跳下水，一人拉着一张木板，拖上岸来，他们将捆绑他们的绳子解开，进行抢救，经过一番折腾，两个人终于脱离了生命危险。

在川江边围观看热闹的群众七嘴八舌议论开了，有人喊道："快看！快看！又把人给弄上去了。"有人回答："那人不知道又在搞啥幺蛾子哩？”

又有人接着回答说：“走，我们赶快往前走，肯定有好戏看哩！”人们都向打捞人的地方涌来。

这时郑氏一族的老者们走过来，厉声质问道：“是谁把人打捞上来的？是谁在阻拦我们行使族规？”围观群众没有人回答。

郑氏族长老严肃地说：“执行族规的汉子们，赶快动手将这两个人捆好，继续沉江，一直到死了为止，以理清郑氏家族清白的门风。”

郑氏小伙子们看着杜林蓬、江怀玉救起的青年男女刚刚从昏迷中醒过来，便动了恻隐之心，迟迟不再行动。郑氏族长老大发脾气，骂道：“无用的东西，家族养着你们，就是要你们关键时刻做得成事，下得了手。看看你们现在这样子，一个个畏缩不前，看来非要我自己动手不可。”说罢便撸着袖子向两位青年跟前走去，他抓着男青年就要捆他。

文同站出来说：“请你住手！你这是在草菅人命，滥杀无辜，是谁给你们这样的权力？竟敢私立刑罚，随便杀人，岂有此理！”

郑氏族长老气愤地说道：“这是我们的族规，千百年来就是这样子，你又是谁，敢来更改我们的族规吗？”

文同提高了声音道：“我是邛州新任州事文同，这些事我管定了，私设刑法，滥杀无辜，并不是国家的法度。从今往后必须废除。我定将上报朝廷，禀奏皇上，让圣上下旨来废除。这种野蛮的族规制度不知冤死了多少人命，谁人再敢胡来，定按大宋王法以杀人罪论处。”

郑氏族长们一听是邛州州事，立即大惊失色，上前行礼，并赔不是说：“既然州事说这种族规不合理，那我们自然会斟酌行事，今后便不再施行，文大人就不要给圣上写奏章了，不然皇上怪罪下来，可是会连累我们族人的啊！”

文同道：“既然你们承诺不再滥杀无辜，废除陈规陋习，我姑且相信你们，暂时不上奏朝廷。你尽快将这两位青年放了，做好善后工作。一个家族那么大，只要是出了五服，婚配又有何不可呢？世异则事异，事异则备变，请你赶快结束这场悲剧，我会再来问询此事的。”话落文同与杜林蓬、江怀玉离去。

郑家族长经文同这么一番批评后，立即叫来两位青年，质问：“你们刚才听到文州事的话了吧！是文州事赦免了你们的罪行。你们二人同属郑家，要婚配必须得出五服，这是文州事说的，你们出了没有？”男青年急忙回答：“出了！出了！早就出五服了！”

“好，既然已出五服，就可以婚配，从此以后不再追究你二人责任，择日赶紧将婚事办了吧。”旁观者听到此节，爆发一片掌声。

文同回到邛州御府，连夜给皇上写奏章，反映了邛州地区仍旧存在一些草菅人命的陈规陋习，并希望皇上尽快下令废除这些陋习。不久他的奏章得到皇上批准，在全国废止了家族随便处人死刑这一陋习。

六月初，朝廷下诏：文同迁转太常博士，再迁祠部员外郎，赐五品服，知晋州（四川安岳），官升一级。文同真正开始独政一方。文同当即上书感谢举荐他的韩绛，文同决心用政绩回报韩绛的知遇之恩。在《谢运判韩都官启》中，他写道：

> 近者，伏承某官特为某发状保荐、闻于朝廷者。反视诸己，止如常人，念无它才，取重贤者。闻命之始，抚躬若惊。窃念某本出孤寒，素无才誉，自常审己，不敢求人。

独于执事之门阑，向在京师而出入。所以南阳丞相尝为发章，北门主人久与同事，至蒙存录，尤恤单平。岂期今守于偏州，复幸托居于大庇。盖藏其短，已荷殊恩；升荐于朝，甚出过望。何于己而万幸，惟受眷于一门。感发于中，言出不妄。止勤薄效，上答深知。谨奉敢谢。不宣，谨放。

朝廷任命下达之日，文同即刻办完交接手续，从汉州启程经绵州巴西县（今绵阳）去晋州上任。晋州下辖安岳、安居、乐至三县，他没有在乎州的大小，而决心要把州治理得更好。他认为官不在大小，要为国家发展有所作为，要能推动社会进步。做官不是为了索取，而是为了奉献；要有“先天下之忧而忧，后天下之乐而乐”的精神，做官想到的不是个人，而应该想到的是百姓。

文同上任后只简单地安顿后，就开始了正常的工作，他轻车简从，视察属县，熟悉州情，安抚吏民，制定并宣布自己的施政纲领，文同经过大半年的忙碌，终于理清了州情县情，解决了原州县遗留的问题，使晋州人民安居乐业，社会平安稳定。

治平四年（1067）正月初八，即位才四年的宋英宗赵曙驾崩，终年三十六岁，英宗的儿子赵顼即位，年仅十九岁，即宋神宗。宋神宗幼年时便有大志向，“知祖宗志吞幽、蓟、灵武，而数败兵”，立志“雪数世之耻”。他年轻气盛，登基后便励精图治，即位三天，三司使韩绛、翰林学士张方平联名上奏说：“自康定、庆历以来，发诸宿藏以助兴发，百年之积，惟存空簿。”国家财政已经极度困难，西夏又乘虚大举侵犯边境，幸得宋军顽强抵抗才化解危机，然而阵亡将士的抚恤费用却无有着落。神宗听后深感震惊，热血在心中沸腾，决心在困境中奋起，认为“天下之弊事不可不革，理财为当今急务”。

他决心革除弊端，富国强兵。急需一个有决心、有魄力的重臣支持。在这种情况下，王安石走进了神宗的视野。

宋神宗即位后，先任命王安石为知江宁府，之后又召他为翰林学士兼侍讲，熙宁元年（1068）四月，王安石奉召入京，君臣二人积极酝酿变法事宜。

文同得知神宗决心锐意改革，认为这是振兴财政、复苏经济、治邦兴国的举措，只有改革才能摆脱当前财政危机的困境。他赞成通过变法为国聚财，国富才能民安，国富才能巩固边陲安宁，外寇不敢轻举妄动。他原本打算写信给自己的好友王安石，上书神宗共谋变法实施的举措，但是“恤民事”的他又不赞同变法中与民争利的现实存在，两种观点在文同的脑海中不断搏斗较量着。经过一番思考最后他还是站在了维护民众利益这边，与司马光、苏轼等人同一立场。他停住了给宋神宗和王安石写信的笔，放弃了向人生价值至高点攀登的念头，决定回到地方，去做些实实在在的利国利民的事情。

第十八回 濠州大旱文同找水 母病故再辞官丁忧

文同放弃了去汴梁成就一番大事业的念想，踏踏实实为治理好晋州呕心沥血，他整治治安，兴修水利，修路架桥，发展农业，大办教育。他看到这里的丘陵地区桑树遍地皆是，就鼓励当地的民众养蚕，并派州府官员去别的州府推销蚕茧及丝绸，为晋州民生操劳施政，晋州三县的人民看到有文同这样的好州官，都信心十足，实干苦干。文同也感到与民众在一起的快乐。白天他去各县视察生产劳作情况，晚上回来执笔绘画，把百姓们劳作的场景描画出来，日复一日，他积攒了很多绘画作品。一日，杜林蓬在与乡人们闲聊时无意透露："文知州把你们劳动的场景都画在纸上，他那画作真是栩栩如生，如今先生家中已经积攒了很高的一摞画纸了。"人们听后很感兴趣，都表示要去知州府上亲眼看看。

这天好几十个百姓来到文同的住宅，表示想看看文大人的绘画作品，文同欣然应允。文同让杜林蓬将绘画作品拿出来给大家看，来人看得爱不释手，纷纷向文同索要，文同看着他们渴望的眼神，便答应了请求，将绘画一一送于他们。一会儿一摞绘画被送了个精光。

文同看到人们拿着自己的画作，如获至宝，向家中走去，脸上露出喜悦的微笑。

这年濠州遇到百年不见的大旱，处于涪江、嘉陵江分水岭上的蓬溪县旱情尤为严重，县城居民不得不抬缸挑瓮到很远的地方找水吃。文同看在眼里急在心里。他来到蓬溪县，向苏县令建议，莫再让群众四处找水了，应当就地寻找地下水源，挖井开凿地下水，以解决燃眉之急。苏县令采纳了文同的建议，发动全县百姓打井寻找水源，经过努力，终于在南山麓开掘出一股清泉，解决了人们饮水的难题。大家欢天喜地，敲锣打鼓感谢文州事给出的主意，让他们吃上了甘泉水。

蓬莱县群众念念不忘文同的恩情，一日，文同亲自来到蓬莱县回谢蓬莱县群众的挂念，他察看新打的甘泉井，给该泉取名“均利泉”，并为此泉作诗：

比户获美饮，颂君皆一辞。
何以纪君德，是泉无涸时。

文同回到晋州，下令晋州各县效仿苏县之做法，挖井以解当前的旱情，筑堰以备长久之需。这样在晋州陆续挖出了多口甘泉之井，筑成了多座堰坝，为晋州发展打下了近防干旱、远防水涝、保粮食丰收的基础，为防大旱抗大涝做好了充分准备。

然而，天有不测风云，人有旦夕祸福。就在文同埋头事务的关键时刻，突然杜林蓬来到他正在视察工作的乐至县，告诉他，文同八十三岁的老母亲去世了。文同强忍悲痛，告别了乐至县令，告别了乐至县的父老乡亲，回到晋州府。第二天他正式向成都府衙报告自己母亲去世之事，成都府批准他解官，回家乡永泰为母丁忧。处理完母亲的后事，文同已身心疲惫，困于病榻两个月有余。

公元 1068 年，朝廷改号熙宁元年，一个崭新的时代已经到来。国家的形式也在发生巨大变化。四月，神宗帝诏翰林学士王安石越次入对，与王安石畅谈如何改变国家现状的宏伟设想。

王安石以为，变法一事在朝野上下争执多年了，由于受守旧思想的困扰，推行不力。变法以发展生产，富国强兵，挽救当朝的政治危机为目的。以“理财”“整军”为中心。涉及政治、经济、军事、社会、文化各个领域，是一项极其复杂而庞大的社会工程，虽说推行不易，但是前景是广阔的、具有深远影响。

神宗皇帝听了王安石的设想后，顿时精神振奋，自己即位以后，财政、行政和地方国防经费都很紧张，而西北边患对国家的威胁又很大。自己年少的时候，“知祖宗志吞幽、蓟、灵武，而数败兵”，立志完成先祖未竟的事业。如今为了实现这个目标，必须通过变法，革除朝政的弊病，使国富兵强，那时候再去讨伐西夏及契丹等国。

当前北宋整体状况虽然谈不上内忧外患，但也不是很好。财政上，军队开支吃掉财政支出的七八成，但是部队战斗力却不如人意，是为冗兵；行政上，通过恩荫得官的人数量越来越多，这其中包括功臣之后和宗室，是为冗官；地方上，因为北边国防压力巨大，而当地财政力量（尤其是西北）不足以应付军事开支，不得不从他处抽调。但是物运的代价是很大的，钱粮运输本身就会产生很大一笔开销，是为冗费。这些问题怎么解决？根本原因就是西北边患，所以最简单的方法就是征服西夏。可是西夏不是蕞尔小国，想要征服西夏，必须有足够的财力和军备力量，所以必须通过变法，待国家强盛了才能实现这一目标。王安石分析现状后，建议神宗皇帝更深一步推行变法。

王安石在神宗皇帝面前畅谈自己对变法的宏大构想，增添了神宗皇帝破旧立新，重振山河的勇气和决心。通过王安石的精心策划，新法实施势在必行，一场席卷全国的大变革将要来临。

大病初愈的文同，相信自己的好友王安石有通过变法帮助神宗皇帝治理好国家的能力，会使大宋王朝慢慢强盛起来。国之强盛，外患即少，国之强盛，人民安宁，文同也期待着这场伟大变革的到来。

这一天，杜林蓬、江怀玉来到文同家中，向文同汇报说："正在眉山服母丧的苏轼、苏辙两兄弟，要前来永泰给文同母亲吊丧。"文同深感高兴，但是他觉得故居阴暗潮湿，不宜待客居住，便在永泰县城校场边竹林深处临湍江倚山崖修了一栋居室，作为客居兼书画室，以迎接苏氏二兄弟的到来。文同希望他们能和自己一起研讨书画，便为这栋简易而漂亮的居室取名曰"墨君堂"。

十二月初，文同盼望的知音苏轼、苏辙来了，文同热情地接待了两位表兄弟，酒宴后，才思敏捷的苏轼当即作《墨君堂记》：

凡人相与号呼者，贵之则日公，贤之则日君，自其下则尔汝之。虽公卿之贵，天下貌畏而心不服，则进而君公，退而尔汝者多矣。独王子献谓竹君，天下从而君之无异辞。今与可又能以墨象君之形容，作堂以居君，而属余为文，以颂君德，则与可之于君，信厚矣。

与可之为人也，端静而文，明哲而忠，士之修洁博习，朝夕磨治洗灌，以求交于与可者，非一人也。而独厚君如此。君又疏简抗劲，无声色臭味，可以娱悦人之耳目鼻口，则与可之厚君也，其必有以贤君矣。世之能寒燠人者，其气焰亦未至若雪霜风雨之切于肌肤也，而士鲜不以为欣戚丧其所守。自植物而言之，四时之变亦大矣，而君独不顾。虽微与可，天下其孰不贤之。然与可独能得君之深，而知君之所以贤。雍容谈笑，挥洒奋迅而尽君之德。稚壮枯老之容，披折仰之势。风雪凌厉以观其操，崖石荦确以致其节。得志，遂茂而不骄；不得志，瘁而不辱。群居不倚，独立不惧。与可之于君，可谓得其情而尽其性矣。余虽不足以知君，愿从与可求君之昆弟子孙族属朋友之象，而藏于吾室，以为君之别馆云。

苏轼在文中盛赞文同的为人，认为他和王子猷具有同样的高尚情操。

苏辙也当即作《文与可学士墨君堂》：

虚堂竹丛间，那复压竹远。
风庭响交戛，月牖散凌乱。
尚恐昼掩关，婵娟不长见。
中堂开素壁，萧瑟起霜竿。
随宜赋生意，落笔皆葱蒨。
根茎杂土石，枝叶互长短。

苏轼、苏辙兄弟二人，一文一诗，珠联璧合，文同看罢，开怀大笑，连声赞叹苏氏兄弟好文好诗。杜林蓬、江怀玉也赞不绝口，并斟满五个酒杯让大家举起说：“为了苏氏二兄弟远道而来，并即兴写出如此好的美文妙诗共同干杯！”从此苏轼苏辙二兄弟在《墨君堂》

的一文一诗，在中国文学史上留下了千古佳话。

文同兴奋之余也挥笔写下了《墨君堂》诗：

墨君堂中看新霁，十里平林铺净绿。
青烟一去抹远岸，白鸟双来立乔木。
戴胜入园蚕已老，栗留过陇麦将熟。
坐待月破东岭云，自取帘钩更高轴。

文同的诗引起苏轼苏辙兄弟二人极大的兴趣，“青烟一去抹远岸，白鸟双来立乔木”，这不就是比喻苏氏兄弟吗？几个人都哈哈大笑。

熙宁二年（1069），神宗诏王安石为参政知事（名义上是副宰相，实际上与宰相轮流执印），开始正式实施变法运动，史称“熙宁新政”或“王安石变法”，一场巨大的改革在全国展开。

“富国”即达到“民不加赋而国用饶”，“理天下之财以奉天下”，激活封建国家机器的主观能动性，对国家经济进行调控，甚至直接干预国家经济活动，从官僚、士大夫与豪商巨贾等权贵阶层手中收取部分利益，投资到公共基础建设当中，用以弥合当时复杂的社会矛盾。

农田水利法、均输法、市易法、青苗法等举措均意图在此，其成效应该说是十分显著的：在不增赋税的情况下，元丰年间国库积累了大量战备物资，全国的官禄、吏禄都有所提升，全国垦田面积比治平年间多了二十余万顷。

改革后，当时有人估计，单是诸路常平、免役、坊场、河渡、户绝庄产所得的钱粟，就有数十百万之多。如果作为地方经费，可以保二十年之用。可见变法举措对积贫积弱局面的改观。

为了达到“强兵”的目的，在军事上，王安石也推出了一系列措施。如：保甲法，将乡村民户每十家编为一保，实行刑事连带责任制，民户家有两丁以上抽一人作为保丁，农闲时集中接受军事训练，居民自己负责地方的治安；裁兵法：整顿厢军及禁军，规定士兵年满五十岁必须退役。对士兵进行专业测试，禁军不合格者改为厢军，厢军不合格者改为民籍。将兵法：废除北宋初年定立的更戍法，派禁军将领驻守各地军事重镇，专门负责本单位的军事训练，提高军队素质。保马法：将原来由政府的牧马监养马改为由保甲民户养马。保甲户自愿养马，可由政府分派监马或者由政府出资，保甲户自行购买，并可以免除部分赋税。

在政治方面，他又实行贡举法，编纂新教材《三经新义》，废除明经科，增加法科；三舍法，学生分成外舍生、内舍生和上舍生三等，据三班的不同程度进行教学；设置专科学校，培养专门人才。

新法施行之初，取得了一定的成效，在一定程度上实现了宋神宗和王安石富国强兵的愿望。新法在一定程度上提高了农业生产水平，增加了财政收入，国库不再亏空，军队的素质和战斗力也大为提高。

但是这种大大刀阔斧的变法也带来了很多社会问题。新法本身存在一定的弊端，以国家垄断经营的方式，与民争利，市场垄断严重，使农民和手工业者的利益受损；各级官员为了政绩拼命盘剥，不少农户因无力偿还青苗贷款导致家破人亡；免役钱、助役钱成为许多贫苦百姓的沉重负担，令百姓叫苦不迭。新法也触动了官僚阶级的利益，朝中反对之声不绝于耳。

在以司马光为首的保守派当中，他们视王安石为商鞅、桑弘羊。

朝中保守派人士联名上书，反对新法，围绕变法的新旧党争随之而起。文同忧居在家，暂时避免了那充满火药味的争斗。

熙宁三年（1070），文同在家乡服母丧期满，三月，他动身还朝，等待朝廷重新分配，途经利州绵谷县（今广元）时，受利州通判之邀，游览绵谷县朝天驿羊摸谷，在此期间文同结交了被誉为“天下第一孝子”的朱康叔，为了了解这个大孝子的人品，他们坐在一个凉亭中详细听其讲述他的经历：朱康叔七岁时，父亲离世，母亲被迫改嫁后流落民间，下落不明。朱康叔为官后，始终不能忘记母亲，他刺血写经，祈求神灵保佑自己找到母亲，经过一番千辛万苦的寻找，终于打听到母亲的下落，他毅然辞去官职与家人远别，千里迢迢赶往三秦之地寻母，并对家人说：“不见母，吾不返矣！”

文同听完朱康叔的叙述感动不已，连夜写成百字长诗《朱康叔郎中弃官求母于金州因会华清宫作此诗送之》：

蟠桃实在枝，蟠桃花已飞。
相隔五十春，一旦还相依。
康叔视金龟，解去如粪土。
徒步入峣关，金州取其母。
古人亦有此，比之康叔难。
几时有古人，能如公弃官？
玉莲仙宇中，相会谈此事。
使我发惊叹，达晓不能寐。
借问侍安舆，辇下何时过？
我欲率诸君，扶服诣门贺。

朱康叔弃官寻母的故事广传于民间，并且越传故事越感人，越传内容越丰富，后又流传到官场之上。

古人重孝道，到了宋朝更是提倡“百善孝为先”。后来，朱康叔在同州（陕西火荔）找到了自己的生身母亲，母子分别五十载，今又重逢，不禁百感交集。朱康叔的孝行令天下人感慨，后来朱康叔将母亲接回京城奉养，感动神宗皇帝，神宗诏复其官，封朱母刘氏为“长安县太君”。

以后文同每走一地，首先教育子民“百善孝为先”，以朱康叔为榜样，前去访贫问老，把尊老扶老的社会风气不断发扬。

第十九回 安石变法伤害民利 再回地方创造佳绩

文同经过多日行走终于到达了京城。王安石非常期待他的到来。王安石因与司马光政见不合，关系逐渐破裂，他又不喜苏轼恃才放旷、好口角而不甚务实的性格。他欣赏文同勤勤恳恳、默默无闻的实干精神。他求贤若渴，朝廷正需要文同这样的实干人才，他多么渴望文同能主动来找自己说些什么，谈些对时局的看法，但是这一天天过去，一直没有见他来。

文同的还朝，司马光、苏轼更为关注。他们希望好友文同不要再像自己受贬谪之苦，早日得到朝廷的重用提拔，谋取一个合适的爵位。然而文同坚持了自己不求人的本性，一切顺其自然。他既未去司马府拜访，也未去苏轼处走动。他不愿意给别人留下借口结党拉派的口实，他认为自己年事已高，踏踏实实做些实事，好过陷入党争漩涡。那么身处改革派与守旧派激烈斗争的朝廷，保持着折中主义思想的文同命运又将会是如何呢？

熙宁三年（1070）四月，“静候待官”的文同被朝廷任命为知太常礼院（博士），兼编修《大宗正司条贯》，负责讨论拟定朝廷、宗室礼仪制度的事务，官五品。作为文同好友的王安石，非常了解文同的为人，知道文同不会成为自己改革的急先锋，所以安排他远离政治斗争，做点实实在在的事情。

文同走进朝中，立刻感受到时局的巨大变化，政治风暴已是咄咄逼人。王安石以“天变不足畏，祖宗不足法，人言不足恤”的大无畏精神进行改革，一定程度上增强了北宋的政治、文化、军事实力，推动了社会经济结构改变，为后期北宋的贸易发展奠定了政治基础。但是新法操之过急，用人不当，触动了多方利益，所以从它轰轰烈烈地推行开始，便引来了激烈反对的声浪，朝中新旧两党的矛盾和斗争日益尖锐。

苏轼主张改革，但不赞成王安石的变法举措，经常在朝廷官员中宣传自己的一套改革措施。他上书神宗，直言王安石变法之弊，大胆指责神宗“言利”，希望神宗崇尚道德，“结人心、厚风俗、存纲纪”，苏轼把矛头直指王安石变法的大本营“制置三司条贯司”，希望神宗废除这一机构。性格张扬的苏轼自然招致大祸，苏轼从此被迁谪到地方，一贬再贬，过上了颠沛流离的生活。

苏轼的鲁莽为文同在朝廷做官埋下了隐患，已过知天命年的文同，已历经宦海沉浮，饱经世故，不露锋芒，沉稳安静，他为亲友苏轼的鲁莽捏了一把汗，他多方劝导苏轼，让他今后一定要谨言慎行。王安石与苏轼因政治观点不同，积怨甚深，文同却总是多方劝导，王安石得知此事后内心不禁赞叹文同“不趋时好，不避权仇”的高尚情操。

不想卷入政治斗争漩涡的文同，对王安石的变法“独远之”，但是树欲静而风不止，他还是在不知不觉中成了党争的牺牲品。文同任职太常礼院（博士），又兼编修《大宗正司条贯》，负责讨论拟定宗室礼法制度事务。实际上，这是一个非常敏感的职位，因为涉及的全是高官显禄，拟订的公文中就算是一字之差，也会引起轩然大波，甚至可能招来大祸。文同有一篇《李兑尚书谥议》，为了给李尚书取一个“庄”字的谥号，而追溯李氏一生，细心的文同在做这些文章时更是小心翼翼。

七月，在议定几位宗室后嗣袭封爵位的事情上，文同事先并不知道神宗及皇后已有破格袭封的人选，在讨论时文同坚持认为，破格袭封之事，关系到朝廷皇室宗亲的声誉和宗室内部的稳定与团结，历朝历代在袭封法规这个问题上都有争议，甚至会引起斗争，所以应坚持执据典礼，不予创改，如果执意要改，他就上书神宗，言明此事。

其实破格袭封的主张就是神宗和皇后提出来的，文同此举，反而惹怒了神宗皇帝和皇后。文同的官职从五品降到六品，与他持相同政见的翰林大学生王珪、范镇、司马光、韩绛等人也受到牵连，罚铜三十斤。而宰相曾公亮以下朝臣皆上书待罪，直到神宗下召才免于处分。这整个事件体现了神宗皇帝的绝对意志。

这年文同已年逾五十，岁月的沧桑，工作的磨砺，使他成熟了许多，这一天他叫来自己的老友杜林蓬，讲述了自己被降职的经过后，与之商量目前的处境及今后的打算。文同对杜林蓬说：“我决定离开这政治斗争激烈的朝廷，回到地方去做官，你的意见如何？”

杜林蓬道：“那官降了一级到地方去还能做知州吗？”

文同说：“能！这次会是以太常博士的身份去任知州的，待遇同知州一样，实际还是五品的待遇。”

杜林蓬道：“我同意你的主张，到地方更好，能发挥你绘画的特长，对你的学问研究会有更大的好处。”

文同笑着说道：“好！你这样说我就更有底气了，明天我就向朝廷请求回蜀地任官。”

第二天文同向朝廷提出了回故乡蜀地任职的请求，不久得到了朝廷的批准，命令他以太常博士出知陵州（今四川仁寿）。

文同的决定令许多人不理解，特别是王安石，他认为文同太过懦弱，禁不起风浪洗礼，经受一点挫折就又要到地方任官。在文同准备搬家离京的日子里，王安石没有去看望他，也没有为他送行的准备，文同在京城的朋友也不理解他的所为，都选择了回避。

只有尚在朝中的苏轼、苏辙两兄弟时常与文同往来，他们谈天论地，评诗品画，但是大家的思想都十分沉重，闭口不谈政治，也不言及变法。

苏辙是拥护变法的，因此被王安石选入制置三司条例司，参与制定新法。在颁布《青苗法》时，因王安石没有采纳他的建议，年轻气盛的苏辙直接上书神宗，表示反对。王安石原本想借助苏辙拉拢苏轼，谁知苏辙越级告状，一怒之下，奏请神宗要治苏辙之罪，所幸神宗开明，知道苏轼、苏辙均有宰辅之才，都有些恃才放旷，决定给予搓磨，以磨平其棱角，便于今后再度利用，便下令将苏辙赶出朝廷，去陈州任州学教授。惺惺相惜，苏辙的事令文同出乎意料，但是他很同情，文同当即写文写诗《子瞻戏子由依韵奉和》安慰苏辙：“君子道远不记程，死而后已方成名。千钧一羽不须校，女子小人知重轻。”

苏辙看后深感宽慰，道：“我这一去，还不知何时能归，我的大女儿苏婉儿已经年近十六，我不放心留她在京城，我把她托付于你，带回老家照看，她在你身边我也放心。”文同满口答应。

隆冬时节，文同携家人及苏婉儿向蜀地进发，苏轼写《送文与可出守陵州》，希望文同在“乱山赤石”条件艰苦的陵州多多保重，经常来信。

壁上墨君不解语，见之尚可消百忧。
而况我友似君者，素节凛凛欺霜秋。
清诗健笔何足数，逍遥齐物追庄周。
夺官遣去不自沉，晓梳脱发谁能收。
江边乱山赤如赭，陵阳正在千山头。
君知远别怀抱恶，时遣墨君消我愁。

这天天气尚好，文同从京城向故居蜀地出发了，他领着家人及侄女苏婉儿，走在归乡的路上，仰望长天，心情轻松如脱笼之鸿鹄，入潼关，渡秦川，他万千思绪涌上心头，不禁高唱起了家乡民歌。

眼见凤翔府就在面前，文同不禁回忆起当年在凤翔住的那段时光，几个人常常喝西凤酒，喝到兴奋处，半夜都没瞌睡，聊着聊着天就亮了。文同提议：“咱们还是在这里住上一宿吧。”于是一家人在凤翔住了一晚。

第二天，他们整顿行装又出发了，几个时辰后他们进入大散关。大散关是周朝散国之关隘，故称散关，也是中国关中四关之一。散关位于宝鸡市南郊秦岭北麓，是一个交通枢纽，具有很重要的战略位置，自古就被称为“川陕咽喉”，历来是兵家必争之地。秦汉时期，刘邦“明修栈道，暗度陈仓”，就从这里经过。三国时期，曹操西征张鲁时，也经由此地。

这时正直秋冬之交，满地树叶橘黄，天高云淡，风清气爽。文同小儿子文务光与苏婉儿并肩而行，一路上追逐嬉闹，谈天说笑，一派青春的朝气。

苏婉儿年纪虽小，但机灵过人，文同看在眼里，喜在心头，这与自己的小儿子务光不正是良配吗？平时自己忙于事务，未曾分心想到这些。若是能成，不就了却自己一桩心事了吗？文同想到苏辙之所以将大女儿托付给自己，恐怕意图就在此，内心不禁暗暗高兴。

第二十回 徒知陵州勇敢作为 大胆改革旧貌新颜

文同一家数十口，走过大散关，到达了秦岭北麓。天渐渐黑了下来，他们在一家驿站就宿。文同站在驿站门口，仰望着这片傍晚的天空，深深地吸了一口气。他伸展双臂，让清凉的风顺着双臂穿行。脚下，是古人曾经走过的山路；远方，是先贤们曾经眺望、写满诗篇的山岭；眼前，是晃动着他们登峰赋诗时的身影。而那飘忽的云雾，飞翔的鸟群，枝头摇曳的树叶，仿佛在讲述着发生在秦岭的那些动人故事。文同情不自禁提笔写下《北楼晚晴望秦岭》：

秦岭巉巉列万峰，晚岚浑欲滴晴空。
如何学得崔重易，吟啸终南明月中？

在风雪交加中，文同一行翻山越岭，旅途之辛劳自不必说。越过秦岭后，文同每遇一处名胜古迹，都要驻足欣赏、凭吊，待行至陵州境内时，文同已写成六首诗。

一个寒风凛冽的中午，文同及家眷、仆人，行至陵州城南山崖下，小憩后养足精神准备入城。这时，文同猛一抬头，看见山崖上有两棵竹子，生长在岩石间，叶黄枝瘦，枝竿屈曲，却在寒风中摇曳生姿，展示着顽强的生命力。文同被深深地打动了，当即让仆人铺纸研墨，他挥毫泼墨，摹画出一幅《纤竹图》。众人都围了过来，看后连连赞叹。

文同自言自语道："既然大家都说好，那我就多画几幅，送给受我牵连的朋友们。"

话落文同便又展纸挥笔，直到日偏西天，画出了十幅《纤竹图》，并分别写出文序，待进城后命邮差首先送给苏辙，再送给苏轼、范镇、王珪、王安石等人。

其实文同来到陵州城的脚下，看见枝干屈曲的竹子，不禁回忆起往事，被两棵纤竹身处困境却不屈不挠的精神所感动，于是他"以墨图其形"，不仅激励自己，也想激励好友。首先寄给好友苏辙，是要用纤竹的精神劝勉苏辙从困境中崛起。同时也是用《纤竹图》诉说自己的境遇，我文同虽遭遇挫折、且年事已高，但我并不灰心丧气，颓唐不堪，我亦如纤竹一般，始终坚守信念，立志做恤民事的好官，为民请命，把陵州治理好。

熙宁四年（1071），文同在故乡祭拜父母的坟墓之后，于三月初五到达陵州府上任，陵州地处偏僻，风物萧条，可谓"萧条官宇岩岭上，零落民家山谷里"。文同看在眼里，急在心里，他安顿好自己的家眷，便着手整顿陵州。他首先走访陵州各县，陵州下辖仁寿、贵平、井研、籍县四县，人口不足三万，田地贫瘠，市井萧条冷落。

文同边走边同杜林蓬商量着办法，文同问杜林蓬："你查过这里的民情没有？"

杜林蓬道："查过了，这里从未有过击鼓诉讼之事。"

文同自言自语道：“看来这里的百姓勤劳本分，勤于耕作，不喜讼事，怪不得前几任州官都无功无过，轻松过度任期。”

文同与杜林蓬、江怀玉等人进行调查走访，了解州情之后，就召集各县县令，商议治理各县的政策。政令通过后，文同便着手整顿，仅一个月余，整个陵州面貌一新，文同给宋神宗写奏章《陵州谢上任表》，向宋神宗详细汇报了陵州的情况，并且阐述自己的执政理念和重要举措，他在奏章中称自己“欲久居图书之府，重费太官之膳，苟福不称，是必转为咎悔”。他谦虚地告知皇上，自己待在朝中难堪大用，是浪费国家钱财，到地方去更能发挥自己的作用，“愿以所学施于有政”，以报答皇上和国家。奏章中写道：“此州最为僻陋，殊无将迎之劳，加复民素号易治，臣之得此，诚极犹道幸。”

面对艰苦的环境，严峻的挑战，文同随遇而心不安，表达了自己效忠皇上，改变陵州命运的决心。

文同对陵州的历史风物进行了深入细致的研究，调查陵州的支柱产业情况。相传陵州在东汉时期有口深井，井中常有毒龙和十二个盐神玉女出没为怪，道教祖师张道陵用道术驱出毒龙，并禁十二仙女于井下，然后引导当地百姓用打上来的咸水，熬制出了珍贵的食盐。后来人们为了纪念张道陵兴利除害，造福百姓，就将此地叫作“陵州”。

文同知道这个故事后便心下了然，陵州同自己的家乡一样也因为产盐而闻名。他决心发展陵州的盐业生产，于是汇集多方技术力量，培训产盐业技术人才，制盐技术不断提升进步，并且由官府对各产盐机构进行统一监管。经过一段时间的整治，陵州的制盐业发展迅速，过去一些官员到此地任职时，往往畏惧这里的僻陋艰苦，纷纷托关系、找人情要求调离。文同到任后，大力发展陵州经济，再来调任的官员觉得陵州风景优美，民风淳朴，便少有人要求调离陵州了。

文同继续走访陵州各地，发现陵州城内居然没有一个可以容纳百姓赶集、聚会的场所，但是这里却有很多庙观。陵州老百姓普遍信佛奉道，不少人的程度还很深，因此庙会远比集市热闹。文同心想民情需要引导，不可强行教化，便灵机一动，带领属下一同赶梓潼庙会，在庙会上当场作《祭梓潼神文》，在祭文中向神灵汇报了自己的执政思路："抚柔良，抑强悍，宣教化，齐咸俗，行二年之政，成一方之善，刺史之执事也。"

文同通过这种方法，使民众获悉了他的施政策略，其效果不言而喻。文同的施政策略很快就传遍了整个陵州，当地百姓到处议论文同的治理策略。也有百姓持怀疑态度，文同认为这种怀疑，实际是一种监督，他更加受到激励，勤奋务实地工作。

文同首先要解决陵州百姓聚会场所的问题，他召集州府官员商讨，选择中心场地，然后筹集资金，等待秋收结束，皇粮归仓后，便动员州民一起参加集会广场建设，并付一定报筹，这极大地调动了州民的积极性，在几个月内广场便完工了，作为陵州文化社会活动的中心。在庆祝广场落成的那一天，广场上集结着来自四面八方的百姓。文同又阐述了自己的施政理念，强调"抚柔良，抑强悍"，保障陵州城的社会治安，使陵州城百姓达到昼不关门、夜不闭户的治安水平，这一建设性的想法，得到民众的热烈拥护 。

之后，文同带领杜林蓬等人身着便衣，走村串乡，访贫问苦，处理了多起治安事件，他秉公执法，惩奸除恶，信赏必罚，为陵州百姓打了一剂强心针，陵州的治安面貌焕然一新。

文同是一个很细心的人，他在治安管理上采取街道分片联保的办法，让有前科者在百姓的监督之下主动维护治安，戴罪立功，参加社会劳动，收到良好的效果。人们奔走相告，夸赞着文知州执法之严格，管理办法之高妙。这消息也很快传到了京城，宋神宗获知后很是高兴。一日早朝，宋神宗当着众臣的面夸赞文同治州有方，希望他们向文同学习，为朝廷鞠躬尽瘁，为社稷励精图治。

文同再接再厉，不负众望。到年底，整个陵州城乡社会治安大为好转，纵然举火夜行，也无遇袭之忧惧。这年春节，乡野居民扶老携幼，踊入陵州城看烟火、龙灯、舞狮子和大戏。陵州城车水马龙，热闹非凡。文同站在城楼上不禁感叹：“愿年年有今日安居乐业之胜景，赶上天府成都！”

第二十一回 四次奏章为民请命 锐意改革不忘初心

盐和铁是关系国计民生的大事，历朝历代都十分受重视，当下陵州的盐业已经很发达了，文同认为，朝廷应该尽快改陵州为“监”（指有特殊物产的地方，由朝廷直接管理），对陵州进行直接监理，所以文同向神宗皇帝上书《奏为乞改陵州州名状》。文同的建议从实际出发，革除旧弊，与朝廷变法之举相吻合，获得朝廷批准并付诸实施，且很快在全国推广。

文同去籍县考察，籍县在大山里面，文同一行数人翻越大山时，看到前面有十余人挑着柴火正在艰难地行走。文同一行快步赶上担柴人，问：“老乡们，你们这些柴火要挑到哪里去？”

一个挑夫回答说：“要挑到仁寿县去。”

文同道：“哎呀！那要挑百余里路程哩，不容易啊！”

挑夫说道：“那有啥办法呢？近处山上已被农夫们砍得一点柴草都没有了，只有跑远处砍柴才能完成国家的纳柴税赋。”

文同望着挑夫们疲惫不堪的样子，很是同情，同时感到应该尽快改革这项不符合陵州实际情况的制度。此时挑夫们挑着柴又向前赶路了，文同一行人跟在后面，不禁感慨挑夫们的艰辛。他边走边想：为什么不把井盐开采的任务分派到个人呢？这样国家只需收取赋税，会减少很多误劳误工的现象，省去北柴南挑的劳役之苦。这时，挑夫们已走远了，文同对随行众人分析了目前全陵州的现状：二三十年前，本州只有官井数处，现在已有数百井，而旧时法律规定煎盐所用柴火由陵州四县山民按户缴纳，官井以盐巴或现钱按市场价付本抵税。如今井场增多，纳柴增多，山民人口又不断减少，山民们分担的柴火逐年增多，所以每年夏秋农忙时，山民们必须争相砍伐树木，造成了“山谷童秃，极望如赭”的景象。而且自冬及春，陵州山民无论老幼都要担负起运柴的任务。行走在崎岖山路上，有的县界路途遥远，要行走数百里，顶风冒雪，忍饥挨饿，才能把柴火运到盐场，老百姓的艰苦可想而知。

文同看在眼里，疼在心理，他下决心要为民请命，向皇上汇报，改制陵州的盐井和管理旧法。文同回去后，就给朝廷写《奏为乞免陵州井纳柴状》，状中陈述：“臣自至当州访问，得所以为其民之深害、久而不能去者，惟管内仁寿等四县百姓每岁输陵井监煎盐木柴，共计三十八万四千二百余束也。……偏州小县，尽是山坡，田土瘠薄，别无他产。而每年于二税送纳定帛、解斗，并科买红花、紫草，出助役、还青苗之外，又复有此七八十万束木柴之役。比之他州，此方之民实被其苦。”文同陈述了陵州百姓所纳井柴数量之巨大，受官府盘剥之深，状中饱含他对陵州百姓的深切同情。

文同在状中还提出了除弊安民的具体对策，由官府预估各州官用、军用的食盐量，派人买柴上到陵州井监，官府再按照盐井大小征税。这样“七八十万束之柴能害于民者尽去，而五六万贯之钱能利于国者尽得矣”。实在是一举两得的好事。

此时“王安石变法”正在如火如荼地进行，新旧势力斗争相当激烈，很多官员不敢有所作为，只求无过，不求政绩，坐等任满升迁。他们到地方不是脚踏实际地的干三年，而是应付检查“等”三年。而文同却敢于为民请命，不平则鸣，忠君爱民之情可见一斑。

官盐民办，可能会引发利益之争，可能导致地方动乱，文同高瞻远瞩，为防患于未然，接着又向朝廷递交了《奏为乞差京朝官知井研县事》，在奏章中，文同陈述了井研县自庆历以来，“始因土人凿地植竹为卓筒井，以取咸泉，鬻炼盐巴”的情况，据他调研得知，卓筒井越来越多，“访问豪者，一家有一二十井，其次亦不减七八”。这些盐井掌柜们占用山泽之利，又逃避税收，损害了朝廷利益。他们每家招收工匠少则二三十人，多则四五十人，而这些工匠中有不少是临州浮浪逃犯。由于盐井排布密集，工匠越聚越多，很容易产生纠纷和闹事，引起社会动乱。因此，文同又向朝廷建议，与其屡禁不止，不如因势利导，由朝廷派专人管理，让卓筒井从自办自营纳入国家管理，并课以赋税，如此既增加国家收入，又抑制了当地富豪的势力。同时，文同建议从邻近的嘉、荣、梓等地调派军力，加强私盐井的治安管理，以防动乱，文同向朝廷上《奏为乞铸陵州团练使印状》，得到仁宗皇帝批准。

文同治理陵州，为民请命，为国聚财，锐意改革，干得风生水起，引起了朝廷的关注，一年之中，成都府路提刑（提典刑公使馆狱公使馆）张郎中和张度支（“郎中”“度支”均为巡视官员官衔）先后前来视察。他们访问民情，检阅厢军，二位巡视官分别向朝廷称颂文同的功劳，并请求赦免文同因议宗室袭封事受到的处分。九月，神宗皇帝“明堂礼毕”，发布大赦令。不久，文同盼来了令他无比激动的好消息，朝廷下旨令他官复原职，重受尚书祠员外郎官衔，由六品官复为五品官，同时下旨追封文同母亲为“仁寿太君”。

在陵州大行改革之时，文同全面整理了开采盐井的相关技术资料，对卓筒井的勘探、制筒、打井、取卤等技术记载得一清二楚，为研究我国深井钻探技术、盐业历史以及北宋社会经济发展，留下了珍贵的文献资料。

宋代的商品经济比较发达，但宋代自建国之始就常常因内忧外患致使国家财政陷入入不敷出的境地，如何解决由此产生的巨大财政支出，一直是宋王朝亟待解决的首要问题。从某种意义来说，宋代的盐法从其产生之初就有为军事服务的色彩，表现在盐业的监管制度上，经文同严密修改和完善，部门分工明确，食盐生产管理体制严密，食盐销售制度也因地制宜。宋代盐法在维护盐业市场秩序的规范、保障盐业的发展与繁荣、增加国家财政收入方面都有极大的助力，提高了国防力量和军队的战斗力。

文同四次给朝廷关于改革陵州的奏章，均得到朝廷批准，更加鼓舞了文同脚踏实地干好地方工作的信念和决心。

第二十二回 劝苏轼要与时俱进 识时务进退才自如

文同在陵州干得风生水起，百姓交口称赞，陵州财政收入不断增加，得到朝廷肯定，官复原职，又兼任太常博士，消息很快传遍朝野上下。

在此期间，朝廷围绕变法内部斗争已日趋激烈，文同虽然身在千里之外的陵州，但他为身在汴京的苏轼担心，因为苏轼的秉性，才华横溢，但却桀骜不羁，不收敛是会出事的，文同因牵挂常给苏轼去信规劝。

熙宁四年(1071)，王安石看到科举制度已沿用多年，以诗赋取士，一考定终身，并不能选出真正的人才，往往把有真才实学的人隔在门外。科考制度急需变革，应考察一个人的实际能力，王安石随即进行科举制度的变革。

王安石着手逐步完善各级学校制度，他不但将学校作为培养人才的场所，还作为选拔人才的基地，学生自州县学逐级考试进入太学，太学又分外舍、内舍、上舍三等，上舍生又分上、中、下三等，上等生可以不经过科考这一环节而直接担任官职。经过各级学校多年的教养和层层选拔，最终脱颖而出的上等生显然在才学和德行方面都比较可靠。这种逐级考试选拔人才的制度显然比从前的一考定终身更加合理。王安石欲以学校取士取代科举取士的设想在一步步施行当中。

此外，王安石还提出了分级管理的原则。他认为帝王政务繁忙，不可能事事亲力亲为，无法一一考察所有人才。帝王可以亲自考察才能德行最高者，然后由他们考察并推荐才能德行兼备的人才，任命为官，这样逐级考察、分级管理，可以大大减轻帝王的负担。

王安石还强调官员要在一个职位上保持稳定，久居其职。一直以来，朝廷为防官员专权，有意让官员频繁调动，不久其任，导致政府效率低下。另一方面，官员任职还须合其宜，应当术业有专攻，在能够发挥自己专业特长的岗位上任职。

王安石的大刀阔斧的改革方案得到宋神宗的支持，但朝中反对之声更甚。苏轼不出文同所料，认为王安石对科举制度的变革太过激进。

熙宁二年（1069）五月，苏轼奏上一份《议学校贡举状》，极力反对王安石“经义取士”的主张。

神宗即日召见苏轼，问：“方今政令得失安在？虽朕过失，指陈可也。”苏轼：“皆下生知之性，天纵文武，不患不明，不患不勤，不患不断，但患求太极，听言太广，进人太锐，愿镇以安静，待物之来，然后应之。”宋神宗一脸悚然，道：“卿三言，朕当熟思之，凡在馆阁皆当为朕，深思治乱，无有所隐。”

苏轼退朝后，将宋神宗的话告诉同僚，同僚又传到王安石的耳中，王安石很不高兴，便令苏轼做开封府推官，希望他多干事，少议论。

苏轼见王安石独断专行，又上书宋神宗。这下王安石被彻底激怒，授意御史谢景温论奏苏轼之过。苏轼深感压力巨大，自知在京城已无立足之地。他决心学习文同在地方做实事，于是请求外放，朝廷任命他为杭州通判。

文同知道苏轼迟早会有这一天，便作诗告诫苏轼：“北客若来休问事，西湖虽好莫吟诗。”意在告诫苏轼在杭州，少论朝廷之事，更不要写些易遭曲解的诗文，苏轼深深领悟其意。

熙宁五年（1072），苏轼在杭州大力整修自己的官居：一处叫凤味堂，一处叫溅玉斋，一个叫方庵，一个叫月岩斋。他写信给文同，请求文同为他的官居提诗。于是，文同在陵州作《寄题杭州通判胡学士官居诗四首》（选三）（为避党祸，称苏轼“胡学士”）：

凤味堂

胡侯外补来钱塘，所居之山名凤凰。
不知元本发何处，蛇颈鱼尾盘高冈。
婆娑欲下大江饮，万里一息头低昂。
谁将浮图压两翅，直使帖地不得翔。
前人眼俗不知顾，会有贤者来形相。
怜汝困欲共汝语，故近汝咮营斯堂。
起居饮食不离上，外孰有耳听琅琅。
应云汝德未衰在，旦暮可起鸣朝阳。

溅玉斋

石林荦荦森座隅，激水注射成飞渠。
寒音琤然落环佩，爽气飒尔生庭除。

主人清标自可敌，底处胜概为能如。

想君不欲时暂去，其余满案堆文书。

方庵

众人庵尽圆，君庵独云方。

君虽乐其中，无乃太异常。

劝君刓其角，使称著月床。

自然制度稳，名号亦可详。

东西南北不足辨，左右前后谁能防。

愿君见听便如此，鼠蝎四面人恐伤。

文同不赞同苏轼做人太过高调，行事张扬，表面上议论庵名“太异常”，实际上已经预感到苏轼政治处境的危险，规劝苏轼要低调做人，不要搞特殊化，要谨防不测。为了进一步规劝好友，文同又写了《可笑口号七章》寄给苏轼：

可笑庭前小儿女，栽盆贮水种浮萍。

不知何处闻人说，一夜一根生七茎。

可笑陵阳太守家，闲无一事只栽花。

已开渐落并才发，长作亭中五色霞。

可笑此公何太惑，读书写字到三更。

已知学得终无用，自肯辛勤比后生。

可笑生平事迂阔，向人不肯强云云。
到头官职难迁转，一似城南萧次君。

可笑为官太侥幸，养愚藏拙在深山。
君看处置繁难者，日夜经营心不闲。

可笑儿孙亦满眼，朝朝庭下立参差。
谓言饱读诗书去，憔悴如翁亦好为。

可笑三州为刺史，寂寥都不似川城。
若无书籍兼图画，便不教人白发生？

苏轼收到文同《可笑口号七章》信后反复阅读，辗转思考。这些年来，自己张扬的秉性招来了许多麻烦，言多必失。文同讲要学会韬光养晦，要学会周公的“守愚”，很有道理。与其在波谲云诡的政坛中浮浮沉沉，不如静下心来处置繁难的事务，做出政绩。

文同身在山州，心系天下，他时刻关注着变法的进展，关注着与百姓利益息息相关的政局事态，他痛心于朝堂没完没了的争论，便写《山园》，以表共谋富国强兵之愿望。

久雨无所适，新晴步山园。
西风满高林，败叶惊已翻。
时节急如此，世事安可论？
夜归灯下吟，寒虫伴幽喧。

他多么希望大宋朝能出现安定团结的社会局面，又作《厌虫》诗：

月出松坞明，露下莲塘清。
今宵好风色，独绕林下行。
百虫尔胡为，啧啧饶秋声。
求静不能得，我诗何由成？

文同大声疾呼对于党争之祸要保持高度警惕，又作《遣兴效乐天》：

君莫学杨虞卿奉李宗闵，宗闵权势岂能久？
君莫学刘楼楚附李逢吉，逢吉禄位宁长守？
虽然一时身暂好，其奈千古名常丑。
丈夫读书要知道，所信不笃被其诱。
大张富贵作罗网，愚者纷纷以身就。
左缠右绕不可脱，诛窜还当逐其后。
君不见虞卿须遇李固言，君不见楼楚终遭韦处厚。
一朝摧折灵气尽。龙如蛇兮虎如狗。
劝君圣贤术内好潜心，劝君邪佞党中休入手。
岂不知潞州处士田佐时，唤与美官嫌不受。

党争于国家有百害而无一利，每位做官之人都要坚守自己的信仰，不忘初衷，才能拒绝权势的引诱。这首《遣兴效乐天》，是文同讨伐党争的檄文，是规劝官僚士大夫的箴言，文同心中自始至终只关注百姓的切身利益，而那些政治倾轧，在他看来，表面上是为国家的前途命运操心，实则却是为祸国家的祸首。

第二十三回 离陵州赴任兴元府 巧遇挚友畅谈文化

一日，身在陵州的文同收到了成都府吴中复的来信，信中，吴知府表示自己十分欣赏文同的才干，认为文同屈居陵州山城实在是大材小用，应回朝廷任馆阁之职。他让文同做好被朝廷考察的准备。文同看信后很感激，至于朝廷态度如何，文同没有过多考虑。但是，朝廷并没有采纳吴知府的建议，于熙宁五年（1072）七月，下旨令文同转知兴元府（今陕西汉中），年底赴任。

文同料理好陵州的事务，做好赴兴元府任职的准备。为了按期到达，寒冬腊月，他携家人离开陵州向兴元府走去，陵州的父老乡亲得知文同要离任的消息都感到难舍难分。前来送行的群众含着泪说道："文知州忠君爱民，为我们陵州做了无数的善事，我们老百姓舍不得您啊！"

文同道："我虽然离开了陵州，但是依然是在为朝廷做事，大家放心，乡亲父老若有难处，知会我一声，我一定尽我所能为大家排忧解难。"文同在百姓们送行的目光中离开，直到文同一行人的背影消失，当地的百姓们还在文同远去的方向久久张望。

文同离开陵州，取道来到大儿子文朝光任职的彭州。文朝光在彭州任军事通判，多年来忙于公务，一家人难得有机会聚在一起，此次适逢春节，正好全家一起过个团圆年。

彭州的习俗同永泰一样，新年贴对联，放鞭炮，吃饺子。文朝光知道父亲最爱做的事就是写字画画，于是他拿来笔墨纸砚，让父亲给自家题写一副春联，文同欣然答应，挥笔便写就一副春联。

文同来彭州的消息很快在当地传开，一时间，许多书画爱好者都慕名登门。蜀中书画名家（曾任朝廷秘书省校书郎）张思孺也来拜访文同。文同热情地接待了他们，并时常与他们探讨作画论诗之道。

熙宁六年（1073）三月，文同从彭州儿子那里专程去成都拜别成都知府赵抃，然后携家人从彭州经剑州来兴元府上任。在路途中，文同遇见自己的同年进士好友，成都路转运使范纯仁（字尧夫，范仲淹之子）受召回朝。二人多年未见，今日相逢，亲切有加，交谈甚欢。当谈到当下文化发展的时候，文同说："你父亲写的《岳阳楼记》对社会影响最深，其中'先天下之忧而忧，后天下之乐而乐'的句子一直鼓励着人们不断奋发，如今多年过去了，再也没有出现过如此之类的好文章。"范纯仁回答道："好文章是在实际艰苦环境中磨炼出来的，没有那样的环境，自然没有那样的文章。"说罢，两人"哈哈哈"地笑了起来。不知不觉中天黑了，他们来到利州一家驿站住了下来。

晚上，文同诗兴大发，他写下长诗《送范尧夫》：

逻逻走闾巷，都人起中宵。

相拥候府门，惟恐失此朝。

尽言来送公，车马城北桥。
桥边脂辖亭，大尹此相邀。
歌管盛宴集，簪裾合群僚。
四座酒既行，相顾魂已销。
亭前有杨柳，秋风减长条。
折以持赠公，莫厌霜叶凋。
节物虽谓晚，比春情更饶。
递起劝公饮，双呼金翠翘。
岂徒要公醉，恐公遽乘轺。
借问何尔为？重公若琼瑶。
美质未省变，与人存久要。
既莫不可留，征衫遂飘飘。
鸣驺过升迁，群吒闹如蜩。
感公来二年，免我于无聊。
今公舍我去，何由借诸朝。
愿君富且贵，寿命等松乔。
直似先令公，巍巍佐唐尧。
涕泪逐公行，不惮公更遥。
公诚上下通，和如奏笙箫。
所以得如此，人情不相辽。
嗟同缪与公，一时赴弓招。
于今二十年，不见有所超。
前日荷君相，与印垂之腰。
使归守山郡，藏伏甘寂寥。
闻公将治行，乃心日夜摇。

恨不能送公，俯首类酸痟。

徒为送公诗，有如草虫喓。

强勉写之去，忧来立危谯。

文同希望范尧夫像其父范仲淹一样尽心辅佐皇上，协助皇帝重振朝纲。二人临分别前，文同又给范尧夫写了《送范尧夫二章》：

其一

有志深沉定，无心出处同。

庙堂应为国，台省复还公。

肖似家声重，端方士论雄。

上如留左右，风采壮朝中。

其二

欲与民为利，先求正所妨。

纷更初下议，旁午遂交章。

不尔毛安傅，其如体自伤。

西南余弊在，归为对明光。

诗中体现出文同对王安石变法的不同见解，改革不能伤民。既要改革，又要恤民事，他希望好友范尧夫向皇上陈述自己在西南变法除弊的实际成果，以提示变法的方向。之后他们分手，范尧夫向京城汴京走去，他同家人及随行翻越米仓山，于三月中旬抵达兴元府（陕西汉中）。

汉中盆地首府——兴元府，地处黄河与长江的分界地带，四季分明，冬无严寒，夏无酷暑，气候湿润，物产丰富，是中国著名粮仓。

文同来到汉中，官邸是刘邦当年的行宫，水榭楼台，花团锦绣，明亮而宽敞，府衙也是刘邦当年的朝堂（天汉台），雕梁画栋，佳树繁阴，森严而气派。与陵州相比，这里的环境要好得多。文同顿感皇恩浩荡，自己肩上的责任重大，决心不辜负皇上重托，一定要改善兴元府的面貌，改善兴元府人民的生活。

安顿好家小之后，文同称病婉拒官宴和同僚们的轮番宴请，他闭门读书，了解汉中历史，了解从秦汉三国至今的兴衰。他清醒地认识到自己想要在这块富饶的土地上干一番大事业，比治理陵州还要艰苦。他在兴元府各地进行调查研究，经过半个月时间的实地调查，文同掌握了兴元府的各种情况，有了一手的调查资料，他心中有了新的执政理念，于是向神宗皇帝呈上《兴元府上任谢表》：“窃观风物，实与乡关之近。臣谨当竭尽思虑，求民隐微，圣陛下爱人之心，行陛下下考古之政，不敢立异，自微虚名，唯知尽忠，庶酬大惠，朝夕于是，生死以之。”

文同为报答皇上和朝廷对自己提拔之恩惠，他在信中向皇上表示，自己来到汉中，如同回到家乡永泰一样，决心以汉中为家，朝夕勤政，务实为民，在汉中为国家、为百姓干出一番事业。

这日，天气晴朗，他与杜林蓬、江怀玉来到汉江边观游胜景。他们沿河边向下游走来，一群孩子正在江边嬉戏玩耍，一向喜爱孩子的文同似乎眼前一亮，他们三步并作两步来到孩子跟前，孩子们都好奇地望着三个陌生人。

文同便上前拉住一个孩子的手问：“你们都是读书的年龄，为什么不去读书要来这汉江边玩耍？”

孩子们看来人无恶意，回答道：“我们这里的人不读书。”

文同又问："不读书，难道都不读书吗？"

孩子们异口同声回答："不读书，读那干啥，怪辛苦的。"然后哈哈大笑着走远了。

文同感到莫名其妙，这么大的兴元府，为什么就无人读书，他认为这是一个严重的社会问题，必须改变这种不读书的风气。他暗下决心，要治理兴元府，必须从教育下手，他没有话语，默默地离开江边，向兴元府走去……

第二十四回 抓教育开创新局面 除黑恶重振兴元府

文同回到兴元府，天已经黄昏，因是休息日其他人员都不在府衙，唯有他坐在书房里。他想到今天下午在汉江边玩耍的儿童，想到兴元府存在的教育问题，心情久久不能平静。他艰难地思考着，直到天黑下来他才闷闷不乐地回到家里。

妻子李氏问他：“唉，是有什么事儿惹得你不高兴吗？”

文同叹气道：“这里的家长不提倡孩子读书，孩子们到了读书的年龄，却都还在整日玩耍。今天下午我同杜林蓬、江怀玉去汉江边游玩，就碰到了一群孩子，他们都只顾玩耍，从不读书。你说我怎能不着急、不生气呢？我想在这兴元府下功夫改善教育问题。”

李氏道：“原来你是在为这事儿不高兴啊。你知道吧，这里比不得陵州、邛州，那里是丘陵山地，人们不勤奋就没饭吃，这里是鱼米之乡，他们只要劳动就有饭吃，谁还肯去吃读书那个苦呢！”

文同回答道：“你说的这些虽然有理，但读书不仅是吃饭的问题，读书也不仅是赚钱的问题。”

这日天气晴朗，风和日丽，文同在府衙坐不住了，他便与杜林蓬、江怀玉去走访兴元府府学堂的情况。他们走了好长时间还未到达，文同说："难怪这里的教育落后，就连府学堂都这么偏僻。"他们又走了好大一会儿，终于来到了兴元府府学堂。文同在府学堂周围转了一圈，这里地处城边，偏陋狭窄，屋宇破旧，门楣歪斜，破旧不堪，文同的心一下子凉了下来。他又进入学堂内查看学生情况，发现堂堂兴元府学堂，仅仅只有十几个学生。

文同便去找学堂老师了解情况，老师道："因为汉中物产丰饶，属鱼米之乡，因此这里的百姓大多只顾挣钱养家，不重视子女读书，自唐末以来，偌大的兴元府没有科考及第之人，属实不可思议。"

文同又问："那朝廷难道就不曾过问此事，兴元府官员怎么向上级交代此事？"

老师道："以前兴元府的官员，怕担科考无人中举的罪名，都是从外州外军买生源来以假籍应试，偶有几个纵获举荐上京参加省考，也尽皆落第，以后便各回原籍。所以当地绅士和百姓都认为读书无效，从此更不热心送子弟从学。近些年有几个经常外跑的绅士，知道读书重要，想让自己的弟子从学应举，但又苦于没有合格的师资，都不了了之，官府对此也不重视，所以就形成了现在的局面。"

文同表情渐渐变严肃，回答道："原来是这么回事，好，我明白了。"说罢便离开了府学堂。

在以后的几天里，文同走访了当地很多民户，其情况和府学堂老师说的基本一样。文同认为：学风兴，礼仪行；民风变，争讼少。只有创造积极向上的读书之风，地方社会治安才会稳定。他准备治理兴元府的教育，彻底扭转兴元府重财轻文的局面。

文同走访了城固、南郑、勉县，然后召集各县主管文化教育的官员，邀请当地士绅、贤达共商教育之计。文同让官员汇报本县的教育情况及几个县三年来参加乡试、会试、殿试的情况，结果令人大吃一惊，兴元府几个县内不但三年来没有及第的学子，追溯到近千年也仅有两名考生考取过进士，而洋州就有二十九人考取进士。这个结果着实让在座的兴元府官员汗颜，顿时鸦雀无声。

文同见大家都默不作声，道："兴元府如今的教育现状，实在是令人痛心疾首，这里可是华夏民族文化的发祥之地，数百年中竟然没有一个考生及第，实在是令人悲哀，这是官府的失职。为什么有着如此厚重文化底蕴的兴元府，如今会落伍到如此程度？我以为原因有三：第一，从晚唐以后兴元府不注重教育；第二，各种教门横行兴元府乡里，信教群众日渐增多，迷信猖獗，冲淡了人们对文化意识的需求，冲淡了对读书学习的需求；第三，汉中属鱼米之乡，物产丰饶，人们普遍满足于现状，对文化知识的需求不高。因此只有办学兴教，培养人才，让更多的人读书明理，齐家修身，才能安邦治国，才能推动兴元府的文化教育事业长足发展。"

文同一席话，众人心悦诚服，接着，文同当众宣布两件大事。一是府学迁址，迁到兴元府府衙，府衙多余的房屋腾出来作为学堂，并将自己和同僚的府邸辟出几间空屋作师生校舍；二是发布公告，由各州县负责推荐一至五名品学兼优之士到兴元府任教，还要推荐五至十名品学兼优的学生到府学读书。文同考虑到朝廷和地方政府疏于对府学的监督和管理，于是专门给朝廷呈上《奏为乞置兴元府学教授状》，请求朝廷为兴元府学设置学官，使本路兴元府、洋州、利州、文州、龙州五府州学子，修学应举有师资辅助，有专门专管机构，他在状中亲自举荐自己的部下，兴元府司理参军潘行为首任府学教授人选，朝廷很快批准了文同的请求，并在全国推广，全国各州府学都设置了教授一职。

学校很快在兴元府兴办起来，各县也都相应地重学兴校，文同经常去各处学校走访，指导工作，并在公务之余还多次登台讲课，谆谆教诲学子们奋进学习，成人成才。半年过去，兴元府各地那种饶财寡文的旧风俗很快改变，崇教向学蔚然成风。

除兴学崇教外，文同还着手考察兴元府的民风民俗，处理社会治安问题。文同认为，富裕繁荣之地，必生豪强霸市之徒，这些人往往以乡绅名宿包装自己，以小恩小惠济贫济弱来宣扬自己行善的美名，从而获得民众的尊敬，官府的信赖，却常在背后做着肮脏的交易。

文同几次从提审的犯人嘴里听到一个叫余仁义的人，他观察到每当说到这个名字，犯人总是吞吞吐吐，文同感觉这其中一定有问题，只是他们不愿说，或是不敢说。于是他决定查个究竟。

文同与杜林蓬、江怀玉进行微服暗访，通过一段时间的调查，文同得知，兴元府府城有一伙黑势力，为首的正是余仁义，是当地一个富户。这个余仁义平时自称是行侠仗义的侠士，每当百姓有矛盾纠纷，他都要出面劝和，街上的商铺被盗，无法找到盗贼，求到他门下，他可以通过各种手段找到盗贼，令盗贼给失盗者退还一大部分赃款。可是实际上，他是黑白两道通吃，既吃商铺主家，又吃盗贼，一头落人情，一头得好处，靠此手段发了大财，光在兴元府城拥有商铺十几处，并拥有豪宅数十所，手下随从打手几十人。他经常与秦岭山脉中的土匪内外勾结，传递信息，狼狈为奸，给秦岭山脉中的盗贼提供住宿，以及生活必需品。

化装成百姓的衙役在全盘掌握了事实证据以后，报告给文同，在一次余仁义与盗贼暗中分赃时，文同带领十数人，一举将余仁义及其党徒全部抓获。揭开了余仁义这个伪善人的假面后，文同便将其绳之以法，借此东风，文同又将兴元府的地方势力进行严厉打击和铲除，从此兴元府百姓安居乐业，社会治安大为好转，人们拍手称快，赞扬文知府为兴元人民所做的好事。

秦岭山脉中有一条贯穿关中平原的交通要道，由褒城县至秦岭北麓眉县斜谷关，全长四百七十里，古称“褒斜道”，在这条交通要道上，时常有山匪伪装成富少与童仆，结伙行凶，抢劫剽掠祸害行人。行人每到春天出游或旅行远足，多受其害。文同知道情况后，立即进行周密部署，决心将这伙歹人依法铲除。

文同带领杜林蓬、江怀玉化妆成游人来到斜谷关（褒斜道），考察地形，了解情况，打问行人歹徒出没的时间，经过几天的实地观察，和对行人的询问，基本掌握了歹徒活动的时间、地点、方法手段作案规律后，然后进行周密部署。

熙宁七年（1074）四月，褒斜道两边山上花开烂漫，树木抽节发芽，郁郁葱葱，河水碧波荡漾，一派美丽的春日景象。往来的商人及来兴元府度假旅游的客人络绎不绝，太阳渐渐落山，许多人已来到他们的目的地，有人已途宿客栈，但是也有人还在路上行走着，这时在陈仓谷段走来了一群男女，穿着打扮非常醒目，很招人注意，看来他们没把握好时机便贸然踏上夜路了。

此时，路边山林中突然凤鸣鹤唳，夜食动物也虎啸生风，雾惨云昏，在丛林里声声哀嚎。这群男女也心生三分胆寒，东坡瞅瞅西坡看看，来到了陈仓谷一棵大树下，原来这棵大树就是当年韩信逃跑时，骗那个小放牛娃向追杀他的官兵头顶尿尿的那棵树。这时一个人上前用手摸了摸树，说：“韩信那个人真阴险，借刀杀人，杀的还是个放牛娃。”又有人说：“就是这棵树当年要了那个孩子的命。”往来的人都在这棵树上摸摸，表示对那段历史的追忆。

突然间，从两边山上冲出几十个手持火把、大刀的人。这群人张牙舞爪地说：“快将你们所带的钱财物全部留下，否则就留下你们的性命。”

其实这条路上的行人，是文同命令衙役装扮的游客和商人，在杜林蓬的带领下早有准备，江怀玉在后带领朝廷官兵暗暗尾随，当劫匪围住这群路人后，朝廷官兵已悄悄地将劫匪围住。劫匪让行人留下货物和钱财时，行人都从挑着的货物里抽出兵器和他们对峙，后面围着的官兵也一拥向前，前后夹击，经几番搏斗，就把劫匪全部捉拿，统统锒铛入狱。首恶者按大宋法律进行了惩处，其他从犯按情节量刑，协从者认罪态度好者，请人担保，押回家乡令其监督改造，直到改造成为良民。从此，褒斜道得到了太平，文同除暴安民的壮举在兴元府家喻户晓、人人称颂。

兴元府所辖城固的东南部，巴山北麓有一处集镇称“旧巴城”，居住的是古巴国的土著居民，因一贯拖欠税务，令官差十分头疼，谁要是被派到这里做官或出差，谁就叫苦不迭。此事传到文同耳中，文同说：“我就不信这个邪，只要是大宋的子民，就必须遵守大宋的王法。我亲自去看看是什么原因。”

文同带着杜林蓬、江怀玉前往旧巴城查访，文同没有去旧巴城的地方官员家中走访，而是先到当地的居民家中走访，经过深入细致地走访多家，文同终于知道了真实情况：此地田薄地瘠，粮食产量很低，收入甚微。当地官员自以为天高皇帝远，抱着在这个穷山恶水的地方，不捞一把不罢休的心态，他们把对朝廷和上级的不满和怨恨都发泄到老百姓身上。在本来就繁重的赋税中又搭船增加县乡税赋。当地老百姓一年耕种所获还不够交租税，就只好抗拒不交。文同得知真相，十分气愤。

他立即召集县令及乡绅头目开会，严厉斥责他们随意给老百姓增加赋税的行为，并要求县乡一级立即减除附加给百姓的赋税，要求地方官员必须想方设法减轻旧巴城老百姓的负担，增加他们的收入，他警告地方官员："此地百姓不能休养生息，此地税收工作不能正常收缴，此地官员便不得升迁离开。"

一年过后，旧巴城百姓的收入增加了，税收减少了，老百姓自然缴纳税赋。文同不仅革除了此处的积弊，还洗雪了旧巴城之民素来"刁蛮愚顽"的沉冤。

旧巴城的问题终于查到根源，得到解决。文同回到兴元府，感到教育自己的官员是一项首要解决的事情，他下令各地官员必须依法行令，不得有违背大宋律令的行为，随意给百姓增加赋税者，必须严加惩处。

为了确保兴元府的长治久安，文同向朝廷呈上《奏为乞修兴元府城及添兵状》，陈述汉中地理形势：城墙毁陷，兵力不备，况且近期又要抽调三百兵力去守文川（甘肃文县），剩余两百弱兵无法保卫一座府城的治安，因此请求朝廷"修垒雉堞，增屯营伍，以赫威灵，以壮制度，沮邪谋，定众志，安固基础，以防止临时万一"。

经过一年时间的整治、变革，兴元府旧貌变新颜，政务有了很大的起色，财政收入稳定增长，社会治安日趋稳定，人民安居乐业，出现了政通人和的政治局面。文同对自己在兴元府的治政充满信心，这一日天气晴朗，他心情无比兴奋，来到兴元府城北，登上府城最高处（北城），举目远望，凭吊古人，抒发壮志，吟诗《北城楼上》：

满目望不极，城楼当最高。
地形连楚阔，山势入秦豪。
平外斜通骆，深中远认褒。
图经何壮观，故事有萧曹。

西汉名臣萧何、曹参经营汉中根据地，辅助刘邦一统天下的故事让人回味无穷：刘邦在前面征战，萧何为了经营安定祥和的大后方，源源不断地为军队提供粮草，汉朝建国后，萧何作为宰相制定了一系列休养生息的法规。曹参接任宰相后，“萧规曹随”，不做一点改变，维持了汉初稳定的政治局面，文同借萧何、曹参的故事委婉表达自己致力于发展汉中经济以接济入不敷出的大宋朝国库空虚的政治理想；含蓄地表露出对当前时局的担忧，他多么希望新旧两党不再争执，同心同德，在“不伤民”的前提下，学“萧曹”为国积财。

此诗充分体现文同身为兴元（汉中）知府，却心忧天下的兴亡，大宋的命运前途，他以振兴兴元府来促进国家经济的复苏，他以发展兴元府来带动大宋朝的繁荣富强，他是处江湖之远则忧其君的忠臣俊才。

熙宁七年（1074），朝廷的政治斗争已趋向白热化，主张变法的新党内部发生分裂，王安石被逼辞去宰相之职，一时间，群小争权，上演了一幕幕闹剧。朝廷以韩绛为同平章事，吕惠卿为参政知事，到了四月，暂罢“方田法”，以寻求各方利益的平衡。

五月，成都府知府赵抃改任越州（浙江绍兴），他向朝廷举荐文同接替自己知成都府，可惜未被朝廷采纳，文同在官报上得知此消息，并未感到心灰意冷，只是感谢好友对他信任和重托。他认为作为朝廷命官，自己的命运由朝廷安排，并非由自己选择。能到西南重镇成都出任知府，当然是自己的心愿，去不了未必有怨言可泄，朝廷自有朝廷的安排。

八月，文同知兴元府已经一年又五个月，“替期非远”，按变法时官制（考虑到撤州并县后，官员调动升迁非常困难，为了调动官员积极性，任职期由三年变为两年），文同又考虑何去何从了，是居庙堂之高，还是处江湖之远，他又将会怎样呢？

第二十五回 公休日赴洋州考察 北园地留下深印象

熙宁八年（1075）三月的一天，春意盎然，鲜花盛开，文同一早起来，对妻子李氏说道：“我今天要同老杜他们几个人去洋州看看，你去不去？”

李氏回答道：“平常你到哪里去可从来没让我去过，今天太阳从西边出来了，怎么也要叫上我？”

文同道：“我在兴元府任上的时间不会太长了，同僚都让我在汉中给儿女置办点儿家产，便于南下北上时这里有个落脚地，都被我拒绝了。我想汉中这个地方人多地少，在这里置办家产别人难免会说闲话。其实，我心里已有所安排，洋州地广人稀，在那里寻找落脚地无可厚非。我曾找人在洋州看了个地方叫‘北园’，地形不错，前后也没有人家居住，咱家人口众多，可以在那里建房、置地，更可以开荒种田。孩子们可以在那里永久安家落户，咱家里的事务靠你料理，你去看看不更合理吗？所以我才让你去的，你满意的话，我就给朝廷打报告，下一任我就去洋州任职。”

李氏说道：“你原来是这个意思，挺好！那我今天一定要同你一起去洋州看看，现在我去做饭，吃完咱们就动身。”

吃完饭，文同带来了好友杜林蓬、江怀玉，风水大师，以及文同平时随行的人员，除妻子李氏坐轿子外，其余人都骑马去往洋州……

洋州知州邓大人接待了文同一行，并带他们在洋州园池游览了一番，文同向洋州知州邓大人透露了自己来洋州的意图和今后的打算，洋州知州十分赞赏文同的观点，并要陪同文同去北园看看。

文同谢绝道：“邓大人就不用去了！府里事多，或许有些事务需要办理，您派个人领路就行了。”邓大人派了个官员领路，文同一行向北园走去。

北园距洋州城约莫五公里，秦岭山脉杜阿梁下端（就是现在的文家坪），对峙相望的这座山是道教名山光山，光山右侧山梁叫寺院岭，直达砚台山，光山和杜阿梁下端形成一道深深的峡谷，这道峡谷约三里长、五十到一百五十米宽，挨靠峡谷左侧有一条河，发源于冯家岭流域，清清的河水汩汩流淌，蜿蜒而下，中部奇石连山，云蒸霞蔚。东边沟叫张庙沟，属楚坡流域，也有一条溪流，水流不断，两水交汇处，这里叫筼筜谷。筼筜谷的上端和白石镇的楚坡连接，筼筜谷的东段是寺院岭，寺院岭的下游是砚台山。筼筜谷下端和洋川河谷嘉峪河连接，嘉峪河流向傥水河。从筼筜谷口到北园有一片五十余亩的长方形大竹林，竹子高耸挺拔，根深叶茂，碧绿滴翠，非常壮丽，引人注目。

这片竹子长势非凡，最高大的竹子有碗口那么粗，一般的竹子也有茶杯大小粗细，十多米到二十余米高。

文同看到竹林很是高兴，他不但爱竹、画竹，而且把竹子视为祥物。因为竹子高耸挺拔、四季葱郁，有高风亮节的品质，有坚韧不拔的生命力，有优美高雅的英姿，竹子可以说是超凡脱俗。竹子可养眼养心，陶冶人的情操，看后让人的心灵不禁为之呼唤、为之感慨。

文同看到这里满心高兴，对妻子李氏说：“贤内，你的意下如何？”

李氏冷静地回答道：“唉！怎么说呢，地形、风景都很好，就是偏僻了点儿，你去洋州城当差要走一个时辰哩。”

文同道：“这个都不关大局，我有马有轿子，就算走走路又有何妨。”

李氏道：“好！既然是这样，那我就没什么意见了，我们就把家安在这里吧！”

这时候风水大师说：“《阳宅十书》中说到，凡宅左有流水，谓之青龙。右有长道，谓之白虎。前有汙池，谓之朱雀。后有丘陵，谓之玄武。此为最贵之地。此地这条山梁应该是秦岭下来的一条主脉，您请看：左青龙即东边那条河，右白虎即这条杜阿梁下来的大路，前朱雀即前面那个池塘，后玄武即杜阿梁丘陵山脉直到秦岭。这是一处宝地啊！在这里住下，今后家中必定人才辈出啊！”

文同很高兴，说：“好！那就请大师现在给我们选个建房地址吧！”大师在北园中心的位置打桩拉起线子来，选了一处宽七十丈、长一百二十丈的长方形地段，定好位置，大师搭罗盘选择中堂位置。基本方向定好后，文同道：“江怀玉，你留在这里做一些筹备工作，其他人可以回兴元府了。”就这样，文同在洋州的北园准备筹建居家的永久住处，为下一步离任兴元府做着准备。

他们一行回到兴元府，文同反复思考自己卸任兴元府后的去处，洋州虽好，毕竟距家乡四川较远，文同很想实现赵抃向朝廷推荐任知成都府一事，以实现自己叶落归根的人生夙愿，但又得知朝廷并没有采纳赵抃的举荐，此时他也产生了纷乱的想法，便提笔在宣纸上写下《忽忆故园修竹》：

故园修竹绕东溪，占水侵沙一万枝。
我走官途休未得，此君应是怪归迟。

此时文同想起了家乡永泰那美丽的竹林，绿得像一块无暇翡翠一般，仿佛自己走了进去，落叶归根在故乡竹林的沃土上，还原孩童时曾经的梦幻。一种极度的思乡念头一阵阵在文同心头盘旋。他望望眼前的世界，这里是大汉江山的发祥地，能在这里做一任知府也算值了，这里也是那些达官贵人梦寐以求的地方啊！文同既欣慰又感叹，自言自语道："酸甜苦辣都尝过才叫人生，山南海北全走遍才是汉子。任凭朝廷派遣才算好官啊！"

文同忽然想到，朝廷甚至有可能让自己回朝任职，虽然丞相韩绛等人多次提及让自己回朝做官，但是那庙堂之上的党羽之争着实令人反感，自己实在不愿意卷入政治斗争的漩涡中，自己毕竟已经年老了，加之近年来多病，有很多不便，他决定给英宗皇帝去信，说明理由，劝服朝廷让自己留在洋州。他顿时拿定了主意，心中有了希望，洋州那里北依秦岭，南向巴山，与蜀地相连，虽偏远但风景秀丽，竹苞松茂，很适宜自己一边工作，一边养病、习字作画。虽然由大州转官到小州，难免惹出被降官的闲话，但全国因撤州并县而被闲置、得不到升迁的官员众多，能任职洋州就是很幸运的了。文同彻底打消了跑官要官的念头，选择了转职（平级调动）。

主意下定后，文同起草了《奏为乞差洋州一次状》，在状中，他说自己蒙皇上圣恩，被任命为陵州知州，共一年十个月，后因为朝廷改陵州为陵监，又蒙皇上恩准差任兴元知府，今到任已至一年五个月。他以前在陵州，推行朝廷新法，并已理出了头绪，也因此而没有过失。自上任兴元府，也没有费弛政务，被主管陵州和兴元两路考核的同僚推荐，认为自己颇能称职。现在自己任职换岗期限不远了，考虑朝廷不久会差遣新官代替他的职位。他每天早晚都在考虑这一个牵挂事，实在是因为因此家贫负担太重，吃饭人口也多，把东西分送借居，很难筹划安排。于是现在有一个愚笨妄想，就是看到皇上最新颁布了在八个地方可以自己选择任职之地的政策，那就再差遣自己任一次洋州知州，然后他也情愿闲居等待后补。何况他本身出生在农村，粗略熟悉民间大小事务，愿意奉献自己，早晚勉励所管辖的同僚官吏，宣传和实施圣上的德泽给一方百姓，以此来报答国家。希望朝廷能够准许他这个愿望。

朝廷接到文同的书函，未明确答复文同的请求，但对文同长期在地方埋头苦干，政绩卓著，体谅朝廷，不居功要官的高尚品格给予充分肯定，便发官诰："授予文同度支院外郎，加轻车都尉官衔。"

一日，天气晴朗，文同一行去城固县博望视察秋收情况，他沿路看到百姓们都在积极地趁着天气晴朗抢收稻谷，四处一派繁忙景象，心里很是高兴。他来到一处正在收稻谷的人群田间询问："这位田家，今年收成怎么样啊？"

一位农人大叔看是一位官人来到了自己的田间，很是激动，急忙从田间走出来，连连行礼招呼文同一行，说："这两年收成很好，朝廷赋税不增反降，官人您知道吗？听说咱们兴元府来了个清官，名叫文同，字与可。他爱民如子，除暴安良，把旧巴城地方官员附加给农人的税赋全部取掉，并处理了一批官吏，旧巴城的那些百姓都高兴死了，都在夸赞文大人。后来文大人又在全府清查哪些地方官吏给农人附加的税赋，现在我们城固县也没有地方官员附加的赋税了，人们都在赞扬文大人，不知道官人您见过文大人吗？”

一旁站着的杜林蓬按捺不住内心的喜悦，抢先回答说：“他就是文同，就是你说的那个清官。”

农人一下愣住了，站了一会儿，突然跪倒在文同面前连忙磕头，边磕边说：“我有眼不识泰山，请文大人饶恕。”

文同赶忙上前扶起农人道：“快快起来，你代表百姓说实话，何罪之有？你可以大胆地说，不用怕，你有什么困难也可以说出来。”

农人激动地回答：“没有！没有！多谢知府大人关怀。”

文同听到了民众夸赞自己的心里话，感到很欣慰，对农人说：“感谢你，我们该到别处看看了。”

农人边答应，把文同一行送出了很远。

文同经过一天的秋收视察，天黑才回到兴元府，他刚坐下休息，突然衙役送来朝廷的信函，文同急忙打开看，原来是朝廷给自己的回复，同意了文同转任洋州的请求。文同的目标将要实现，心情很愉快，第二天他便开始整理自己手头的事务，以便于向来接任的知府交接手续。

文同决定整理好离任手续，可以利用待阙空闲时间回故乡永泰看看，放松一下自己的心情。他离开汉中时，属下们感念文同的恩德，纷纷要求文同在富饶的天汉之地，为儿女们置办产业。文同认为：想法是好，但违背了自己做官的底线，做官不能尽图自己方便，而应该为官一任，造福一方，把便利留给人民。他谢绝了同僚们的好意，决心安家洋州，并作《罢郡》：

自问尔何事？端然信方策。

本是鉏犁人，强为簪组客。

何尝补万分？徒自劳七尺。

还如裴昭明，罢郡归无宅。

文同自比裴昭明，表明他要一生清廉。裴昭明是南朝名士，官至广陵太守（江苏洋州太守）《南齐书》载：“裴昭明历郡皆有政绩，常谓人曰：人生何事须积蓄？一身之外，亦复何须？子孙不才，我聚彼散；若能自立，则不如一经。故终身不治产业。”文同认为给儿女留遗产，不如交给他们自立的经验，在洋州开荒种地，更能锻炼他们的志向。

文同回到故乡永泰，与亲友乡邻团聚，他的大叔文西君年岁已经很高了，拄着拐棍来看望他，老远就喊着：“与可！与可！你可回来了！”

文同一看是自己西君大叔来了，赶忙起身来接，他一把抓住大叔的手问：“大伯，身体安好？如今见到您就像见到了父亲一样啊！”

文西君含泪道：“侄儿真有出息，做上知府了，为我们文氏家族争光了，从西汉文翁到文立在朝为官后，咱们文氏家族在朝廷已有多代人没有为官了，今天，终于又出了你这么个官人，真乃文氏家族之荣幸。今日看到你实在是太高兴了，希望你有空多多回来看看。”

文同拉着西君大叔坐下，然后拿来了从汉中带回的一些礼品，送给文西君和在场的每位亲朋好友，气氛十分温馨。文同深深体会到乡情的温暖。文西君来到文同面前嘱咐道：“与可啊！你的父母都不在了，你还回来看望父老乡亲，这就说明你自始至终没有忘本，没有忘记生你养你的故乡土地，不愧是做大事的人。”

文同拱手行礼道：“哪里哪里，看看家乡，看看父老乡亲，这是应该的，虽然父母亲不在了，咱们的家还在，咱们的父老乡亲还在，以后有了时间我还会回来看望大家的。”在场的人们都说：“好！好！欢迎常回家看看。”

下午，文同又开始在家乡调查研究、访贫问苦。每当看到依旧处在贫困之中的父老乡亲，文同很是同情，他为自己不能从财力、物力上对他们有所帮助而深感愧疚，但他在心中思考着如何解决贫困的方法。他边走边思考，当走过一条田埂，突然看见一位骨瘦如柴的老汉在水田里犁田，奋力鞭打着一头同样骨瘦如柴的老牛，老牛实在拉不动犁，“啪”的一声倒在了水田里。这一幕深深刺痛了文同的灵魂，他急忙上前去帮老汉拉牛，但牛还是死了。他触景生情，当即写下《大热见田中病牛》：

垅上病牛良可悲，皮毛枯槁头角垂。
两鼻谽谺只自喘，四蹄屶岌曾不疲。
牧童默坐罢牵挽，耕叟拱立徒嗟咨。
朝驱暮使气力尽，尔死主人安得知！

这首诗是文同对农人终日劳作苦难生活的真实写照，表达了文同对在生存线上苦苦挣扎的劳动者的深深同情。他多么希望“主人”（统治者）能体谅百姓的疾苦啊！

文同回到家里，开始酝酿如何治理洋州的策略，他在《将赴洋州书东谷旧隐》诗中写道：

朝廷设新法，布作天下福。
或虑多垢玩，训诫稍严肃。
刺史当是时，能不为躯督。
行之以中道，勉副议者欲。
刻薄素所憎，忍复用刑狱。
进身岂不愿，实惧有阴戮。

文同深知王安石变法的许多举措伤害到了人民的利益，但是他变法至死不渝的决心，谁也不能改变。文同决定采用“中道”，尽量做到不反对变法，不伤害人民，仁慈为政，力争把洋州建设得更好，让朝廷见证一下他不伤害人民利益而取得改革成效的办法。

文同“待阙”消夏结束了，回到了兴元府（汉中），全家做着将要离开兴元府的准备工作。这天早晨，文同走出兴元府的大院，从这棵古老的树枝上落下几片金黄的叶子，文同抬头向上望去，只见树尖的秋叶在晨曦的辉映下，呈现一片橘红色，十分鲜艳美丽，迎着微风轻轻摆动，似乎在欢送他这位即将要久别的朋友。文同看在眼里，高兴在心里，感叹地说：“古老的银杏树此刻太美了！相处三年来，你日夜守候在这里，迎来一个又一个日出，送走一个又一个晚霞，迎着风雨出，又迎着严寒归，高大挺秀，不畏酷暑。就在这样的环境中，默默成长为今天这样的参天之树，令人敬佩。我也要像你这样，默默为大宋的乾坤壮大、江山永固而长风破浪。他伸开双臂去拥抱这棵巨大的银杏树，但是已合抱不住，他自言自语道：“只有默默无声，方能成为参天大树。如今我将要离开这里，迎接新的风浪，开创新的天地！”

熙宁八年（1075）十月，文同全家三十余口人在兴元府数十人护送下向洋州行进，兴元府的老百姓自发排着长队欢送文同，留恋的激情此起彼伏，直到看不见远去的行人，他们才自由散去。

天空晴朗，白云飘浮，远远望去，汉江碧波粼粼，文同一行三十余人徒步过了湑水河，进入到洋州境地，他们走到了一个村口，日高汗蒸，口渴难耐，已经人困马乏。经打听，这个地方叫谢村。忽然，一股浓烈的酒香随风飘来，家人们个个垂涎欲滴，文同也被这四溢的酒香陶醉，他让大家歇下来，喝点儿酒再走。他们向一家酿酒房走去，望着晶莹剔透的黄酒，垂涎三尺，问主人家这是什么酒，多少钱一斤。

主人回答道："谢村老字号醉洋州，大家尽管喝。"

文同让大家自便饮酒，不一会儿，家人们喝得兴奋开怀，文同也饮下了三碗，连声赞叹："好酒，好酒，好酒！"随后又买了些准备带回洋州，然后家人们才起身上路。

上任后，文同查勘洋州古城，郡圃园尚且不错，然而城池圮毁败裂，缺漏颓落，年久失修，仓库破败，亟待修缮。三县距州城，远者有五六百里，近者不下三四百里，而且地势复杂，蹊径纵横，山高林深，常常有罪犯匪盗走窜藏匿，逞凶施暴，扰民作乱，仓库也经常遭到劫匪的抢掠。文同查资料得知，庆历三年（1043），光化军（湖北老河口）士兵哗变和熙宁四年（1071）庆州（甘肃庆阳）军乱，都曾有"叛贼悉趋此路，谋行于蜀"。洋州实乃要塞，但所属武康军节度，严重兵源不足，社会治安混乱，官员和百姓常常咨嗟叹惋，日夜恐惧。文同觉得要想治理好洋州，必须确保治安，解除洋州前无兵后无城的危险局面。文同随即写下《奏乞修洋州城并添兵状》，上呈朝廷。并且命人带上谢村醉洋州黄酒，途经傥骆古道，肩挑背驮，千辛万苦，送往都城汴京。

神宗皇帝，及大臣王安石、司马光收到文同奏章，又品到了文同送来的谢村醉洋州黄酒，个个赞不绝口，连声道："好酒！好酒！"于是，谢村黄酒醉洋州被列为朝廷贡酒，年年都从洋州向朝廷进贡，一时谢村醉洋州黄酒名扬天下。

由于洋州城年久失修，文同家口较重，州城暂时住不下这么多人，好在文同早有准备，便让江怀玉带领家人向北园进发（现在的文家坪）。

自从上次文同离开北园后，江怀玉就在北园加紧建造房屋，要住人就得先打井，就在文同建房的左前方十余丈处，有一处水泉，可供他们食用水，江怀玉预备在这里打个水井，由于建房施工紧张，先搁置了打井工作，他们很快在北园给文同建好了房子。

江怀玉得知文同向洋州任上走来，便提前安排文同家厨刘福在北园做好饭菜的准备，他回兴元府陪同文同一行向洋州走来，然后又带领大家来到北园。

文同看到北园的房屋修得不错，内心很感激江怀玉，兴奋地招呼大家吃饱喝好。

吃罢饭，文同和随行人员勘察北园地形，当时已近深秋，到处一片枯黄，但他放眼向北眺望，第一眼就看到筼筜谷的大竹林，青绿滴翠，他立刻起脚向筼筜谷走去。来到筼筜谷，文同看到筼筜谷的大竹林高耸挺拔，姿态各异，非常喜人。文同对竹子很有研究，他说："筼筜竹有林外竹、林边竹和林中竹之分。那么何为林外竹呢？林外竹就是靠近竹林里面大一点的竹子，从根部生长出笋箭从地下向竹林以外延伸，一直延伸到竹林以外的地上破土而出的竹笋，最后长成竹子，这就叫林外竹。林外竹因见阳光多，一般比林中竹粗壮但稍矮一些，竹节要微短一些，枝叶比林中竹繁茂。”随行的人对文同的讲解十分佩服，都赞叹文同是一个研究竹子的专家，其实，这都是源于他爱竹画竹。

他们来到披锦亭，文同长叹一口气，道：“这里的风景太美了，你看这黄昏落日，夕阳霞光照在这亭台楼阁上，筼筜湖这波光粼粼映衬得这北园一片锦绣。”随行人员也纷纷感叹此等美景。文同让人将此地打扫干净，并说以后自己要搬张床铺在这里，以便写竹、画竹、研究竹子。

文同觉得此处风景优美，很是凉爽，林中竹下半截没有枝叶，上端枝叶茂密，像一把把绿伞，竹叶遮天蔽日，人钻进竹林中抬头不见天空，站在这亭台又可瞭望四方，蓝天祥云，真令人魂牵梦绕啊！这真乃一块美丽的风水宝地。文同望着黄昏的天空道：“走，我们回家吧！下次再来欣赏吧。”人们跟着他向新建的家中走去。

回到家中，文同收到了朝廷批准了的奏章，心里很是高兴，又收到修洋州城池，向朝廷申请款项批复的消息，文同更是喜上眉梢，他准备组织民力立即修筑洋州城池、并修建鼓楼，再复修洋州景点，决心要把洋州城建成一座美丽的州城。

文同一生喜竹、爱竹，并且专画竹，在北园建房之后（北园就是现在的文家坪），他几乎每周都要来筼筜谷一次，公休日多半时间是在筼筜谷竹林中度过的。一天，文同、杜林蓬、江怀玉回到了北园家中，第二天一早，他就独自一人拿着画笔画纸来到筼筜谷，竹林深处嗖嗖一股微风吹到身上，他感到非常舒爽，接着又闻到一股淡淡的竹香。

文同非常认真地研究起竹子，起初他对着竹林中的竹子画，边画边修改。他越画越有兴趣，越画越熟练，越画越有新发现。他对如何画好竹子深有研究，对如何画好竹子的叶、枝、节都有特殊的技巧。别人一看他画的竹就称赞不已，但他总觉得自己还不够，差得还很远哩！他要从中找出自己的不足，他想："我画竹子绝不能是千篇一律。竹子有多种类型，山野竹生长在远山野岭的悬崖上、乱石中，刺竹生长在路边、水渠边，画竹时，在竹子的背后用淡墨画上远山野岭或在竹子的根部画上石头；画刺竹时，画一条路再画上水渠流水，再画一簇一簇的竹子，这不就是山野竹子吗？"

文同心里想得很多，总觉得画竹的内容比以前更丰富，更复杂。所以在画竹之前，先想好画什么竹子，心中已有完美的竹图，画起来能灵活自如。他每日都要在纸上画竹子，月月如此，年年往复，从不间断。从画竹中他悟出了很多道理，他想，人做事不就和竹子一样吗？只有"成竹在胸"，提前对事情的全过程有全面的考虑和安排，才能把事情做得好。他用画竹之技法来规范自己做事的行为，来约束自己为政的情操。

第二十六回　修筑城池仙家指点　儆示后人州城窝角

修筑洋州城池是一项极其庞大的工程，文同召集州府官员商议，兴道县、真符县、西乡县令都来参加，文同安排了三件事：一、部署洋州城池工程设计，城池图纸设计要禀报朝廷；二、新城池范围内移民的搬迁事务，应在秋收秋种后准备就绪，争取在1077年春竣工；三、州城修建给各县劳力人数的系统摊派。

议事后各项工作就紧锣密鼓地展开了。扩建城池以及移民之事，江怀玉在数月内就完成了。这天文同带着杜林蓬、江怀玉等人视察城池规划工程的进展情况，他们从南部城池出发，沿城池开挖的根基向西行走，然后从西南角又向北走，从西北角向东走，走到东北角又向南走，走到西南角又向西走，回到原来出发的地方，整整用了一个早晨。文同道："这个洋州城就是个标准的方形。我们马上抽调部分民工先进行根基的清挖工作，等根底清理出来，就到秋后了，那时候就农闲下来了，再征集大量的民工来筑建城墙，你和怀玉的事务做得不错，继续努力把这项关乎洋州人民切身利益的事情办好。"

杜林蓬、江怀玉听到文同对自己的夸奖，内心甜滋滋的，他们高兴地对文同道：“请知州放心，我们一定不辜负您的期望，把好质量，把洋州城池筑建好。”

文同回答道：“我要的就是你们这样的决心，我们共同努力，为洋州做一件实实实在在的事情，历史会记住的。”

这年八月十五过后的一天，文同想去乡下视察秋收情况，他想秋收后，就要征集大量的民工进入到修筑城池的事中来，要一鼓作气，如果经常下雨则会影响施工，特别是连下阴雨，这样会使城墙坍塌，会前功尽弃，文同心里祈祷今冬最好少下雨，多晴天。

他带上管农业的官员从洋州城出发，经开明寺向西南坝方向走去。忽然他们眼前出现了一片金黄的稻谷，文同很是高兴，向前急忙走了几步弯下腰，揽住稻谷穗子，用手向上掂量了一下，道：“看来今年稻谷的长势良好啊！这谷穗挺沉的。”

随行的官员道：“今年不但这里谷子长势好，前几天我去了西乡，真符那两个县的谷子长势也很好，今年是个丰收年。看来是你文知州给洋州百姓带来的鸿福啊！”

“不能这么说，应该是浩荡的皇恩给洋州百姓带来的福气啊！”文同急忙纠正着官员的话说。

这时候，远处几个打谷的农人提着谷把子在半桶里“嗵嗵、嗵嗵，嗵嗵嗵嗵”地打了起来，只见割谷的割谷，打谷的打谷，大家汗流浃背地忙碌着，文同没有作声，怕影响农人们劳动。

文同抬起头向农人们投去敬仰的目光，情不自禁道：“还是劳动人民伟大，他们改天换地，创造财富，值得我们学习。”文同本想过去向农人朋友打个招呼，问候他们。此时一群鸿雁从他们头顶飞过，还“嘎——嘎——嘎——”地叫着。文同想：这样过去会耽搁农民收割麦子的时间，还是别去了吧！他凝视了一阵正在打谷的人们，然后道："走吧！我们到汉江边那片树林去看看，那些树长得很茂盛。"

一行人跟着文同向汉江边走来。原来这是一片桑树林，文同望着这片茂密的桑树林感慨道："这片土地真肥沃，这桑树的叶子这么大，应该好好养蚕啊！"

陪同的官员指着前面的村庄说："这个村庄叫西南坝村，这个桑树园叫南园，养蚕是这个村庄的主要经济支撑，这桑树叶是春天喂蚕采过以后重新长起来的，春天头茬叶子更大。"

文同道："南园！南园！真是个美丽的地方，咱们洋州北边有个北园，南边又是个南园，南北两园还对称。你看这滔滔汉水正好在这里拐了个弯，两面环水，北靠洋州城，向东又是一览无余，真是个美丽的地方。"文同不禁吟诗道：

农桑乘晓日，凌乱如碧油。
紫椹熟未熟，但闻黄栗留。

随行官员附和地说道："这里还诞生了个歇后语哩，叫'南坝娃上桑树——不知道脸麻'。"一下子惹得文同及在场所有人哈哈大笑。文同问："这个歇后语来由怎么讲？"

兴道县的官员回答说："很早以前南坝村有一个员外，姓蒙，家里养了两个儿子、一个女儿，女儿特别漂亮，村里的男青年都看上蒙员外家的女儿，特别是几家门当户对的富豪人家托人上门提亲，蒙员外迟迟没有答应。村里的一个穷小子长得挺精神，人品也极好，也看上蒙员外家的女儿，蒙员外家女儿也非常中意这个穷小子，一天下午，两个人悄悄在汉江边见面，被她的两个哥哥看见了。他们回去把此事告诉了父亲，父亲领着两个儿子拿着棍棒就到汉江边找女儿，一看女儿和那个穷小子在一起，首先是破口大骂，然后就往跟前撵，穷小子看来势凶猛，撒腿就跑，穷小子跑得挺快，见追的人被甩开，便爬到一棵长满桑葚的树上，蒙家父子三人追到桑树园，不见了穷小子，便四处寻找，找着找着，蒙员外在桑葚树上看见了穷小子，便吆喝他下来，一看穷小子满脸被桑葚汁所染，蒙员外父子都哈哈哈笑了，蒙员外说：'你上桑树不知脸麻吗？你看你那脸上全是桑葚色。'穷小子很尴尬。后来蒙员外见女儿硬要嫁给穷小子，还是同意了这门亲事。从此就有了'南坝娃上桑树——不知道脸麻'的歇后语。"

文同道："原来是这样子，很有意思！好！好！"

此时落日映红了汉江，只见江面波光粼粼，美丽的夕阳放射着万道霞光，一艘游船漂荡在江面上，文同感慨地说："晚霞映红了天，汉江碧波闪耀，游船浮在江面，这风光美妙无限。走吧，我们该回了，今晚我们就去汉江乘船赏月吧！"说罢，一行人的身影消失在去往洋州城的小路上。

文同除了画竹的爱好，还喜欢吹笛子。公案之余，书画之外，他常常到山川形胜之地，边吹笛子边赏美景，随即赋诗。

是夜，文同与同僚们来到了汉江边，拿着他心爱的笛子，乘上游船，游览在洋州城南的汉江上。他们游水望景，把酒临风，泛舟赏月，其乐融融。喝了几杯酒后，文同趁着酒兴吹起笛来。他正吹着，江面上驶来一条渔船，上面坐着一位须眉皆白的老人。文同一向怜老惜贫，看到这位月夜打鱼的老人，赶紧把他请上船来，邀他喝两盅酒暖暖身子。老人喝了几杯酒，高兴地说："我听见你的笛声悠扬悦耳，曲调非同一般，因此特来欣赏。"

文同道："哪里哪里。还望老伯见教。"

老人爽朗地笑道："我从小就爱吹笛，技艺自认不赖，让我来指点一二，如何？"

文同听了非常乐意，当即向老人行礼，表示愿意向他学习。老人从怀里取出三支笛子，一支比人的手臂还粗，一支如同普通的笛子，一支细得像笔管一样。

文同请老人吹奏一曲，老人说："粗的和中的都不敢吹，可以用细的为你吹奏一曲，但不知是否能终曲。"

文同问道："为什么粗的和中的都不能吹呢？"老人说："粗的吹奏的是天乐，只能在天上对着天帝、王母吹；如果在人间吹，就会山崩地裂，日月无光。中的吹的是仙乐，只能在仙界对着太上老君等仙人吹，如果在人间吹，就会飞沙走石，飞鸟坠地身亡，走兽脑袋崩裂。只有这支最细的，是我和一些朋友们在游乐时吹的，不知在人间能否吹完一曲。"

老人说完，取起细笛吹了三声，顿时，汉江上风卷浪涌，鱼鳖惊跳，吹到第五第六声，月色昏暗，鸟兽惊叫……文同和同僚们都大惊失色，请老人不要再吹。老人停下来，江面上又恢复了平静。

老人又喝了几杯酒，兴致所至，吟了一首唐代诗人贾至的七绝：

湘中老人读黄老，手援紫藟坐碧草。
春至不知湖水深，日暮忘却巴陵道。

这诗的意思是：湘中老人在读道家的经典，手扶着紫藤坐在绿草中。春天来到了，我不知江水比原来深了，傍晚忘掉了巴陵古道的路了。

老人吟毕，又喝了几杯酒，向文同说了几点吹奏笛子的要诀，随即起身告辞。“吹笛引箫，洁身自好，勤政亲民，长乐到老。明年秋天，我还在这里等你。”

老人讲定了一个日期，就下了小船，驾船缓缓而去，渐渐隐没在烟波之间。

第二年秋天，文同又来到城南的汉江上等候这位老人，可他一连等候了好几天，再也没见那位仙风道骨的老人。

他按照老人告诫的话语，平抑暴恶，宽抚良善，引水灌田，倡导农桑，颇有政声。

秋收秋种结束了，洋州三县的民工陆续向州城涌来，他们在州城附近的农家号房安排修城民工的食宿，数日内，洋州城内拥纳了数万民工，一时洋州车水马龙，人山人海，投入到修筑洋州城池的劳动中。

这一天，文同带着杜林蓬及州府其他官员视察工程进展情况，当视察到州城东北角时，发现那里围着好多人。走进一看，是一个十四五岁的少年在用竹竿在打他的婆婆，原因竟是嫌婆婆让修城民工在自己家住了，少年越打越起劲，老婆婆疼极了说：“你看咱们这些邻居，谁家没住民工，这住民工之事是官府的命令，谁敢违抗。”

不懂事的少年不听解释，又继续打自己的婆婆，几个人上前去劝阻，都劝不住，这时看热闹的人越围越多，文同视察正好走到这里，他上前一看，居然是一个少年用竹竿在打一位白发苍苍的老婆婆，顿时大怒，一把抓住了小孩的竹竿，厉声质问：“你为什么要打老人，打人是犯法的，谁给你的权力让你打人？”说罢将竹竿夺来扔在一边。

这时老婆婆被打昏在地，文同让随行的人员将老婆婆送去医治，经围观的人解释得知，少年是嫌自己的婆婆让修城的民工在自己家住了，才打婆婆出气的。文同大怒道："岂有此理，简直是大逆不道，洋州州城怎么会出这样的逆子，决不能让这种忤逆之道再横行下去。"

文同认为：孝道是历朝历代都非常重视的文化，如果没有了尊老、爱老、敬老的文化，社会发展将会走向何处？况且这位老婆婆还是遵照州府指示在做事，更应该受到尊敬，这个少年太不懂事，应该受到法律的惩罚。但念在年龄还小，就免除惩罚，但必须进行严厉批评教育。

文同当着众人的面对少年进行了严厉批评，并将此事在洋州城通报，以示惩戒。

文同心想：州城毁了可以重修，人心坏了是不能重修的，为了警示后人，发扬中华民族的孝道文化，他毅然决定将洋州城东北窝出一角，当众宣布："孙子打婆婆，洋城窝一角。"后来工匠们就按文同的指示，在洋州东北角窝了一角，高一丈五尺，池深五尺，周围七里余长，使洋州城池成为全国唯一五边形的州城池。

"孙子打婆婆，洋城窝一角"的故事在洋州传播开了，一个在全社会倡导孝道文化的新风气如春雨洒遍洋州的千家万户。

经过近一年的施工，洋州城池修整完毕。文同又对洋州城的整个街道进行了整修，利用剩余的资源朝廷又恢复修建了洋州伯三十景，有不少游客蜂拥至洋州观赏旅游。人们对洋州城池修建成五边形感到莫名其妙，都惋惜地说："这么大这么平整的洋州城，为什么会修成这样的城池。"后来有人给他们讲了"孙子打婆婆，洋城窝一角"的故事后，他们才恍然大悟，原来在文同的心目中，孝道文化远大于一座州城池，顿时人们对文同敬仰三分。

文同在洋州城开明广场办了洋州社火表演活动。兴道、真符，西乡（包括镇巴）各地都选拔优秀社火表演队来参加洋州社火活动。

这天开明广场热闹非凡，人们载歌载舞，盛况空前。其实社火是一种传统的民间艺术文化活动，历史悠久，很多地方每年过年都要进行社火游演活动。社火又叫哑巴戏，表演是用动作体现的，人不能出声。

北园文氏家族更不会错过这次机会，所以他们进行了数月刻苦排练，第一个登台表演，节目是“赵匡胤送京娘”。文家坪的社火开始出场，扮演赵匡胤的小伙子是文氏后裔，他穿着戏子服装，一个蹁码二七脚从戏台东边就打到西边，赢得台下阵阵喝彩，紧接着又一个蹁码二七脚从西边向东打去，这下用力过猛，一下子从台上栽倒了台下。扮演者文氏后裔连忙说：“这下不算，我要重来。”这时台下爆发一阵笑声，原因是耍社火不能出声，他显然违背了耍社火的要领。小伙子说完一个筋斗又翻上了舞台，继续进行表演，后来的表演相当出色，观众连连称赞。从此就诞生了“文家坪的社火重来”的歇后语。

三月的洋州春暖花开，风景如画，社会治理，井井有条，百姓昼不关门，夜不闭户，人民安居乐业。洋州一片祥和。

第二十七回 艺术俊卿风流人生 三十景诗誉满京城

文同携家三十余口人在北园安家，打好了井、建好了屋。家族中除文同自己及少数人在洋州府做事外，其余人在北园开荒种地。

这天文同利用休假日回到了北园，他望着北园这块美丽的小平原，感慨地对家人道:“北园这可是一块好地方，土地肥沃，水源丰富，风景秀丽，只要大家肯动双手，我们就能丰衣足食，建设好北园，耕种好这片土地，也是在为国家做贡献啊！”

族人都异口同声地道：“好啊！北园是我们文氏家族的第二故乡。我们定不辜负你的厚望，一定协力建设好北园！”

这时杜林蓬从张庙沟回来报告道：“报告文知州，后面那座山下四周长的全是大竹子，中间有一湖，湖水清澈见底，北边奇石林立，云蒸霞蔚，真是一块风景独秀的圣地啊！”

文同略作思考，道：“上次我去过了，那里的确很美，不过因时间关系，我只是大概看了一下，没有仔细观赏景韵。好！现在咱们就去那里再欣赏一番吧！”文同与杜林蓬又来到这里，他们在湖的四周巡查完毕，感叹道：“真是一片幽静美丽之地啊！”

文同指着竹子对杜林蓬道："这种大竹子名字应该叫'筼筜竹'，这湖应该叫'筼筜湖'啊！"他面对着筼筜湖，面对着茂盛的筼筜竹，诗兴悠然大发：

池通一谷波溶溶，竹合两岸烟蒙蒙。
寻幽直去景渐野，宛尔不似在尘中。

杜林蓬赞叹着鼓掌道："好诗！好诗！"文同回答说："哪里哪里！过奖了，只是提一提兴趣而已。"

文同突然指着寺园岭三分之一位置的披锦亭说："以后我就在那个亭子里写字画画，这漫谷尽是锦绣，这漫山尽是翠竹，怎能不让人抒发情怀啊！洋州的文人墨客会来这里吟诗作画，会引来全国知名文化人到这里观赏游览，岂不是一件很快乐的事吗？这美丽的筼筜谷，是作诗、画画的好素材啊！一定能给他们留下深刻记忆的。"

几天后，文同领着苏轼、苏辙、鲜于侁、苏婉儿、文务光游览北园，他们来到文同北园家中客厅休息、品茶，正当高兴聊天时，忽然一阵春风吹进文同客厅，文同随口道：

春风有多少，尽入使君家。
当与那人乐，满园桃李花。

苏轼接着道：

汉水巴山乐有余，一麾从此首归途。

北园草木凭君问，许我他年作主无？

文同兴奋道：“好，好诗！”文同情不自禁鼓掌，在座的也都跟着鼓掌。

苏辙道：“好！既然大家以诗话北园，那我也来助助兴吧！”

使君美且仁，遍地种桃李。
岂独放春花，行看食秋子。

大家异口同声地道：“好诗！好诗！”文同说：“今年秋天表弟再来品尝这里秋天的果实吧！”

鲜于侁道：“既然大家都赋诗一首，看来我也不能例外了！”站起来指着门前面的湖说：

朝阳动湖水，春色入名园。
邑人千万户，日日望朱幡。

文同边鼓掌边道：“好诗！好诗！唐朝李益说‘灵鸡鼓舞承天赤，高翔百尺垂朱幡’。今天你把朱幡挂到我家门前的湖中了，太美妙了。”

大家都哈哈笑了起来。

此时大家互相招呼着品茶，时间过去了很久，太阳慢慢偏向了西面的鹰张山。文同说：“各位，我们要去的地方还很多，我想每一个地方你们都得留一首诗，但不是今天，日后用书信寄给我，我要把它镌刻在洋州景点的碑石上，让它们流芳千古。”

大家都道：“好想法！”

苏轼道："今天天不早了，今晚住在北园，明日再去看别的景点，大家意下如何？"

几个人齐声道："同意！"一行数人在北园住了下来。

第二天，他们游玩了横湖、胡桥、冰池、荻浦、蓼屿、寒芦港、二乐榭、金橙径、待月台、儻泉亭、史隐亭、霜筠亭、露香亭、涵虚亭、溪光亭、过溪亭、禊亭、菡萏亭、野人庐、此君亭、荼蘼洞等地方。情幽未尽的几个人，依旧在洋州的汉江河及其他地方漫游。游览完汉江，他们一行才打道回府。

一日下午，天气晴朗，文同一人去筼筜谷观察完竹子回来，在书房拿着画笔画画，孙女文秀基来到身边，问："爷爷您在做什么呢？"

文同放下画笔道："爷爷在作画，在作一幅名为《筼筜谷偃竹图》的画，预备送给你那个远方叫苏轼的爷爷。"

这时书房来了好多人，文秀基道："爷爷我要看看你作的画！"

文同将画好的《偃竹图》从桌子上拿来放到地上，一幅美妙的《偃竹图》展现在人们面前。围观的人们异口同声道："啊！太美了！太美了！多么美的一幅竹图啊！"文同也觉得这幅《筼筜谷偃竹图》画得很遂自己意，便高兴地对大家道："不如今晚我们全家开宴，庆贺这幅《偃竹图》的成功落笔。"

文同对刘福厨师道："今天我们全家聚餐，做几个像样的菜，不能少了红烧竹笋，以庆贺《筼筜谷偃竹图》的成功落笔。主食就做大米饭吧！"刘福答道："好！"便向厨房走去，准备食材。

文同把家人都招呼到餐厅就座，逸光来了，务光来了，苏婉儿来了，他的孙子文基、孙女文秀基来了，大家围在桌子上。文同把孙子拉到自己的右边坐下，文同妻子李氏把孙女拉到自己的左边坐下，桌子围满了人，苏婉儿和务光坐在一起。

文同对着逸光道：“逸光你留意一下，这几天你几位表叔可能有信件寄来，收到及时给我。”

逸光道：“好！”

文美珠将一盘盘菜端上了桌子，文同的孙子孙女拿起筷子提前吃起来。文同拿起酒瓶给逸光斟上，给务光斟上，苏婉儿不喝酒，只有他们父子三人喝酒。

文同端起杯子招呼道：“来！我们共同干杯，以庆贺《筼筜谷偃竹图》的成功落笔，不喝酒的开始动筷子吧！”

文逸光、文务光对着父亲举杯道：“祝贺父亲《筼筜谷偃竹图》大作完成！”说罢一饮而下，大家高兴地吃喝起来。

文同喝尽兴了，又让家人给自己盛上米饭。

文美珠端来米饭递给文同，又给在场所有人每人盛了一碗，文同就着红烧竹笋吃了起来。

这时候杜林蓬从洋州城回来了，文同招呼道：“先坐下来吃饭。”

杜林蓬道：“我去去就来。”突然又转过身对文同道：“唉！文知州，这里有你的一封信，我看是子瞻寄来的。”他从怀里掏出信递给文同，文同接过书信喜出望外。

文同边吃饭边打开看，突然放怀大笑：“哈！哈！哈！”这一笑不打紧，一口饭喷了满桌子，场面很尴尬，文秀基小脸儿一沉，把碗往文同跟前一推，俏皮地说：“爷爷，您把饭都喷到我碗里了，您看！这还能吃吗？”

文基把碗也推到爷爷面说：“爷爷您看！”

文同忙安慰道：“不吃就倒掉，倒掉，让你姑姑重给你们舀去！”

这时务光道：“父亲您看到什么了，高兴成这样子？把饭都喷了满桌子。”文同将信件递给文务光，文务光拿起信件看完前半部分，只见后半部分是诗，一首《筼筜谷》：

> 汉川修竹贱如蓬，斤斧何曾赦箨龙。
> 料得清贫馋太守，渭滨千亩在胸中。

“渭滨千亩在胸中”，这未免也太夸张了，难怪父亲开怀大笑，满桌喷饭。大家听罢，都“哈哈哈”地笑出了声，气氛顿时活跃起来。

文务光道：“今天父亲的大作《筼筜谷偃竹图》成功落笔，表叔又寄来佳作，可谓双喜临门！来，我们举杯庆祝这件喜事。”为了把洋州宣传出去，使洋州在全国有一定影响，文同写了《洋州三十咏》五言绝句诗，分别寄给苏轼、苏辙、鲜于侁，以激励他们尽快回复描写洋州的诗句。

信发出去后不久后，文同陆续收到了苏轼除《筼筜谷》以外的其余二十九首诗，及苏辙、鲜于侁所和《洋州三十咏》的五言诗三十首。文同派江怀玉负责把《洋州三十咏》镌刻在石头上，立在三十景的每一个景点上。一时间来观赏洋州之胜景的游客们络绎不绝。

第二十八回 深入地方调查研究 禀奏废除茶盐榷法

洋州的真符县和西乡县（含镇巴）多为山区，是洋州出了名的贫困县，文同经常牵挂在心，想着抽时间去调查这两个县贫困的根源，寻找解除贫困的办法，改变其面貌，但州府千头万绪的事务一直使他脱不了身。

熙宁九年（1076）六月间的一天，文同率领杜林蓬、江怀玉及负责农业的官员前往这两县进行考察。一行六七人来到真符县一个叫蔡坝村的地方，这里山高坡陡，人烟稀少，农户住居分散，这里住一家，那里住一家，很不方便。由于天气炎热，他们一行人头戴草帽，行走在乡间的山路上，沿着一条长山沟，向村里走去。

这条山路十分陡峭，坡上没有多少树木，却长满着了蓑草，绿油油的蓑草一蓬蓬的头向着山下仰去，偶尔有鸟儿从蓑草间飞出，叽叽喳喳地叫上一阵，见到人们走近又哗啦一下飞进蓑草丛中。幽静的山谷有这么些鸟儿欢呼歌唱声的陪伴，文同心情愉快了很多。不知不觉中文同一行路过了几户人家，突然从一户人家中冲出了一只大黄狗，朝他们扑过来，并“汪汪汪”大叫起来。文同提醒大家说：

“大家手里拿根棍，以防被狗咬。现在咱们各自分头去开展工作，以免引起农人恐慌，弄不出实情来。”话落，他们每人在路边顺手折了根树枝拿在手上。狗见人们手里都拿着家伙，又叫了几声后跑到了住户家的房后面。

他们几个人分三路向村中走去，文同带着一位官员及妹妹文美珠来到一家农户，这家是一位妇人在家，妇人见来者非同一般人物，急忙迎进家里，端凳子，烧开水，文美珠见状急忙去灶台旁边帮忙，一时气氛活跃了起来。大家喝完茶水，文同问这位妇人：“这位妹子如何称呼，你家有几口人？生活当中都有什么困难，请你如实告诉我们，有啥说啥，也不要有啥顾虑，我们是洋州知府派来了解民情的。”

妇人听来者是官府中人，便打消了一切顾虑，一五一十地说：“我们这家人掌柜的姓张，全家有四口人，两个孩子两个大人，女儿去坡上赶牛去了，儿子和他爹挑着茶叶去四川交赋税去了，已经走了一个多月时间，至今未回，听回来的人说，四川茶叶很多，我们山高路远，肩挑背驮运到四川，官府不收，茶商不要，根本就销不出去。只有在那里等，最后要是还等不到客商，有能力的就自己挑回来，没有能力的走得慢，在路上遇上下雨淋湿就霉烂了。这样一年下来有的不但赚不了钱，还赔钱赔劳力。我们这个村子的人已经很长时间盐都不够吃，前几天几个老人，因缺盐吃，得浮肿病死了，就埋在前面那个拐弯地方。咱们这地方现在茶叶卖不出，食盐买不到，手头无钱花，家中缺粮吃。”她说着拿出自家积压的茶叶让文同看，又拿来盐罐子，文同看后心里很不是滋味。

眼前的一切令文同记在心里，没有立即作出回答，心里却在盘算着该如何解决，让随行的官员将此事记录下来。坐了一会儿，文同又喝了两口水，对妇女说："张家妹子，多谢你今天反映的问题，我们现在就是需要像你这样能反映实际情况的人，待我们回去研究研究，把你们这儿的情况反映给朝廷，我想最后一定会得到解决的。今天感谢你了，我们还得到别的地方再看看，广泛了解些情况。"之后便作别这一户，向另一处走去。

经过多家走访，下午，文同一行数人又聚在山崖旁一棵树下，其他两队人员也汇报了今天的调查结果，群众反映的最大问题，一个就是茶叶管理制度，一个是食盐管理制度。茶叶卖不出去，群众盐不够吃，这是摆在眼前的大问题。文同认为，是当下市场管理有问题，应该将此事汇报给朝廷，对此地的市场进行改革，只有市场活泛了，茶叶销售才有出路，食盐供应才能普及到偏远山区。茶叶销售不应该受局限，应该推向全国销售，销售渠道多了，市场活泛了，茶商的就会增加收入。商贩有利可图，茶农就会增加收入，茶叶产品才会有出路。相应地，食盐市场开放，商贩可翻山越岭以盐换茶，又可以让边远地带的人们有盐吃。这样稳定了社会，搞活了市场，还给政府省下许多道销售程序，两全其美，政府只收取管理赋税。此时文同的脑海中充满了改革茶盐制度的设想，他信誓旦旦，要用改革洋州的茶盐制度，给朝廷开创出一条成功的变革之路，让神宗皇帝刮目相看。他认为王安石的变法，正是缺少了从实际出发，伤害到了广大人民群众的利益。他在洋州的这个茶盐权法改革会给人民带来便利和好处，相应也会增加朝廷的财政收入。文同进一步想到，要改变朝廷制度，这可是一件极其慎重的大事情，必须要有充分的翔实的证据去证明去论证，才能让人心服口服。他决心派人继续走访调查，取得可靠证据。

文同已咬定了这棵茶盐权改革的青松，整理资料准备把它上报朝廷，争取朝廷同意后，再大干一场。他充满着必胜的信心，充满着对国家的忠诚，准备给洋州面貌来一个彻底改变。

文同回到洋州府，立即召开会议，将考察情况告知官吏们，让大家出主意想办法，共同探讨解决洋州茶盐权问题的方案。经过讨论，大家一致意见是首先由州府向朝廷报告茶盐权在洋州的现状，提出改革的方案，待朝廷批文下来以后就立即推行。

第二天，文同向朝廷起草《论官场榷盐宜预为计度状》：

臣窃见本州买卖茶货，行之日久，至今其间措置，尚未循理。近又准朝旨尽行榷盐，不许私商兴贩，官自置场出卖。然则计其所得之息，实为深厚，要施行久远，使之通流，不能成弊者，犹有余议。本州管内三县版藉，有主客凡四万八千余户，此旧数也。其实比之今日，财六七尔。大率户为五口，亡虑二十四万余口，口日食盐二钱，日费盐三千余斤。往时茶乡人户，既得各自取便卖茶，于是陕西诸州客旅，无问老少，往来道路，交错如织，担负盐货入山，并在州县村乡镇市坐家变易。当此之时，盐有余利。今既一切禁止客人，不令贩卖，官中当须预先为之计度盐货千万，积贮在此。所贵法行之后，日有数千百斤转卖出于民间，复日有数千百斤般辇入于务内，如此则源深而流长。若彼中驮乘稍阙，或更有应副他处使用，并道途诸般阻滞，不能接续来至于此，当此之时，盐不足矣。

臣见去年自凤翔盘盐来本州，税务出卖为茶本钱，凡一十七次，般填到二万七千余斤。中间又有关报数目，至今有不到者。自今年三月以来，遂无出卖，甚可惧也。欲乞朝廷更下议者，反复熟虑，准备计要，其法已定，然后施行。

文同经过反复阅读和修改，最后才定稿。他在文中阐述了洋州茶叶管理制度和食盐管理制度的弊病，希望通过此状引起朝廷对洋州民生的重视，从而革除影响洋州民生的弊端。他一面与朝廷置于利州路（行政机构，现在的省）专营茶盐事务的使者交涉，一面又把此状上呈皇帝，争取朝廷的支持。

熙宁九年（1076）七月，洋州正置炎热的酷暑期，一日中午，烈日炎炎，文同在北园家中休息，家中闷热难耐，文同让家人将凉椅端到门前院子里的柿子树下，说自己要在树下乘凉。这棵柿子树很大，直径三尺有余，树叶层很厚，枝头挂满了绿色的柿子，把照射过来的阳光隔了个严严实实，树下足有二三十平米是被树荫覆盖，果真是乘凉的好去处。文同躺在凉椅上，心情很是舒展。他眼望着远处的盛夏风景，忽然记起了苏轼给他的回信：

汉水巴山乐有余，一麾从此守归途。
北园草木凭君问，许我他年做主无？

文同嘴角露出微笑，不禁感慨苏轼的知识渊博、才华横溢，这么寥寥几句诗，含有极深的语意，用词巧妙有趣。“北园草木凭君问，许我他年做主无”，明明知道我视金银财宝如粪土，却说我是北园的地主，若是你能来北园安家，我们兄弟几个每天下棋、品茶、喝酒、吟诗、作画、吹笛子，那才是神仙的日子啊！如梦幻般的美景在眼前浮现，文同突然哈哈大笑起来，自言自语地说：“这可能是个黄粱美梦啊！”

一阵微风吹来，文同感到十分凉爽，从椅子上站起来伸了个懒腰，一转身突然发现杜林蓬从城里回来了，杜林蓬急忙招呼他说："猜我今天给你带来了什么？"

文同疑惑道："你带来了什么？"

杜林蓬道："圣上批复了你的《论官场榷盐宜预为计度状》。"说着从怀间掏出书信，递给了文同。

文同手接过回信，感到是如此的沉重，又是如此的神圣，他用颤抖的手慢慢展开信，仔细阅读。他越看越激动，看完后长舒了一口气，道："太好了！太好了！圣上批准了我的奏章，肯定了我们提出改革的建议，还下诏废除《茶盐榷法》，要将商贸开放政策在全国推广。"这是多么重大的喜讯，文同心中无比激动，他拿着信件向家中走去，立即着手拟写实施方案，直到夕阳的余晖照射到他的窗棂。他带着微笑，兴奋地走出北园的家门，迎着夕阳走在筼筜谷湖边。

第二天一早，文同立即召开州府各级官员会议，传达朝廷关于《论官场榷盐宜预为计度状》的指示，并且立即废除《茶盐榷法》。

消息传来，洋州上下一片欢腾，老百姓们奔走相告、互相道贺，感激文同为民请命的大恩大德。这么一来，洋州多年来被禁锢的茶盐市场开放了，茶叶可以销往全国，洋州的经济渐渐活跃起来，各种农产品都可以在市场交易，农人的生活有了极大改善。走进洋州的集贸市场，人们脸上的笑容会告诉你他们的内心是多么高兴，他们是文同的榷盐茶制度改革的最先受益者。

为了使洋州人民生活能及时得到改善，更进一步搞活市场，拉动陵州与洋州的经济互补，文同利用他在陵州的人际关系，为两地商贩牵线搭桥，洋州的茶叶直销陵州，陵州的井盐直销洋州，互惠互利，满足了两地人民的生活所需，深得两地百姓的爱戴。

这年八月十五中秋节，州府各级官员放假，随着洋州三十景诗词雕刻在石碑上，在三十个景点摆放工作的完成，整个洋州城在三十景的点缀下，更显得的分外美丽。州府的官员们利用节假日都来到这里观赏，他们有骑马的、坐轿的、步行的，在这些景点参观游览。特别是去往北园的路上车水马龙，川流不息，人们的笑声，马的嘶鸣声，傥水河的哗哗流淌声交织在一起，热闹非凡。

文同当天下午就回到了北园，北园的家中除自己的妻子李氏和几个孙子孙女外，今年还增添了一口新人，她就是苏辙的小女儿，自己小儿子务光未过门的媳妇。文同及妻子李氏打心眼里喜欢苏婉儿，她美丽漂亮，识文断字，说话有趣，所以他们就与苏辙商量定下这门亲事。文同因工作事务太忙，一直没来得及替小儿子筹办婚事，自己已年近六十了，小儿子的终身大事也是自己最牵挂的事。

文同回北园的另一目的就是研究他热爱的书画作品，对竹子进行更深刻的研究。第二天一早，家里人还在睡觉，他就起床来到筼筜谷，钻进竹林中，观察秋天竹子的变化。在瑟瑟秋风吹拂下，万物凋零，光秃秃的树枝上只剩下果实，而竹子依然葱绿，在大地一片枯黄中，显得格外耀眼，深绿色的竹叶像翩翩起舞的蝴蝶，像飘荡的小船，文同陶醉在绿色海洋般美丽的画卷中，用笔墨画下了清晨间竹子的瞬间变化。

他拿着画兴冲冲向家中走去，走到距门前不远处，看到门口坐了好多人，又是轿子又是车马。他心中暗想看来今天来到门前的肯定是一位贵人！他加紧了脚步向家中走去。一看原来是自己的好友司马光。文同一见喜从天降，走上前双手抱拳向司马光行礼，司马光向他回礼。文同激动道：“哎呀！万万没想到丞相大人会大驾光临寒舍，太意外了！太意外了！”

司马光说道：“文知州把话说到哪里去了，俗话讲，穷在大街无人问，富在深山招远客。你大力建设洋州的佳话已传遍天下，就连圣上差一点都要和我一起来洋州。那首‘汉川修竹溅如蓬，斤斧何曾赤箨龙。料得清贫餐太守，渭滨千亩在胸中’，已经把你这位清贫太守吹嘘得似月亮了，谁都想来这里看看洋州风景，看看你这位一心奉公的清贫太守。这么说你就感到不奇怪了吧！”

文同回答道：“对对！不奇怪！不奇怪！”又顺便向京城来的官员及随行一一打招呼，然后吩咐家厨刘福置办酒宴，以招待京城来的贵客。

文同招呼宾客道：“朋友们从京城远道而来，可以先休息一下，之后在北园附近地看看，去一趟筼筜谷，明天我再带大家到洋州各个景点观赏游览。”来宾都高兴地道：“好！好！”便三三两两到北园观花赏景了。

下午时分，大家都陆续回来，聚在北园，文同已经派人摆上了多张桌子凳子，等待着他们回来会餐。

文同陪司马光在北园转了几遭，两个人是最后从筼筜谷回来的，大家都在外面宴席上坐着，司马光及几个官员被管家安排在屋中的主桌上。菜上齐，文同叫管家拿来老字号醉洋州黄酒让大家品尝。司马光及几个朝廷官员品尝醉洋州后连声赞叹：“好酒！好酒！”

司马光道：“圣上原本这次要来洋州的，想考察文同在洋州的改革政绩成果，行程都已安排好，准备与我一同出发之际，接到边境告急，西夏国又在侵犯我国边境，圣上只好取消了来洋州考察的计划，组织兵力去讨伐西夏国，所以，美丽的洋州很遗憾缺少了天子的神威光顾。”

文同道："天地苍茫，皇恩浩荡，只要有皇上的关注，那就是莫大的荣幸，我在遥远的洋州向圣上敬上一杯酒！"文同举着酒杯面向都城汴京的方向，双手一举恭敬饮下了满满的一杯酒。司马光及各位大臣也都斟满酒，面向都城汴京，双手举杯恭敬地饮下了满满的一杯酒。

此时在座的宾主尽欢，外面坐席的宾客听到内屋的欢笑声都围了过来，贺酒赞叹，一时热闹的气氛覆盖了北园。

此时太阳已到西边的山头，有的人已酒足饭饱了，陆续离开席位在院子里闲转。黄昏渐渐靠近，司马光说："我们今天酒就喝到此处，晚上好好休息一宿，明天让文大人领我们去欣赏洋州其余的三十景。"

第二天饭后，文同陪同司马光一行从天汉台开始，依次在各个景点游览，三四天后还未游览完洋州三十景。每日看汉江日出，赏汉江晚霞，看秦岭云海，看巴山孤烟。

秋色渐渐覆盖了洋州大地。金灿灿的稻谷已被农人收割完了，金黄色的大地已变了模样，秋果挂在枝头摆动着，似乎像在向人招手，黄澄澄的柿子不时招来蓝嘴喜鹊啄食。

文同早早起床，安排司马光一行去望云楼（即丰都山）参观游览，即将出行之时，忽然从傥骆道方向向洋州府飞奔而来一个骑马人，文同上前迎接，来人下马禀报道："这是朝廷写给司马大人的信件，请你转告他让他快快回朝。"

文同接过信件，得知原来是西夏国在边境挑起的冲突加剧，皇帝召大臣回去商谋对策。他将信件转交给司马光，司马光当即决定，立即返回京城。文同携州府官员护送司马光出北门，沿傥骆道向京城行走，文同站在北门一直目送司马光远去，直到看不见。

第二十九回 破奇案文同再当先 抓邪恶兵伏筼筜谷

文同送走了朝廷官员司马光一行，生活又回归到了正轨。他认为洋州府的建设事务可以暂时告一段落，应该立即着手第二阶段的工作，那就是洋州府的治安问题。

文同到洋州府查问最近洋州发生的重大案件，其中最为严重的案例属于兴道县马场盗窃案、西乡县多家耕牛丢失案、兴道县的华阳拦路抢劫杀人案，以及兴道县的冯杨村民杨斌抗拒缴纳赋税打死官员案件，人已被收押。这个杨斌竟然敢打死官职人员，案情严重，必须弄个水落石出。文同听后，决定亲自到冯杨调查这桩案件，然后才能定罪问斩，他带上几个官员及衙役向冯杨走去。

文同出行办案一般都是乘坐轿子，汉江一望无际的湖光山色吸引了他的注意，文同拉开轿帘向外观望，秋季的汉江真是“漫天一白汉江秋，憔悴黄花总带愁。古曜半升箕斗隐，金乌起灭海山头。云雾苍茫各一天，可怜西北起烽烟”。汉江的波涛引起文同对西北近日烽烟战火的联想，人无远虑，必有近忧，看来王安石平息西夏的设想是对的，西夏不灭必有后患。

汉江碧绿，江水滔滔向东流，岸边栖息着的候鸟，一会儿飞起盘旋，一会儿嬉戏玩耍，使这条古老的汉江充满着生机与活力。文同一行过了汉江桥，行走在杨弯的马路上。突然，抬轿的轿夫放下轿子不走了，文同问轿夫："怎么停下了？"

轿夫回答道："报告文知州，前面路上好奇怪，有青蛙挡道，不能通过。"

文同下了轿子查看情况，原来前方路上，有无数只绿色青蛙面向着文同轿子方向，后腿着地站在马路上，姿态十分奇怪，似乎有什么冤屈要向行人述说。文同感到无奈和好奇，他头一次遇到这样的怪事。万事都有因，看着眼前青蛙挡道的奇景，文同琢磨着，思考着，认为肯定有不同凡响之事。他让手下人去慢慢驱赶，但青蛙仍然伏在路面上不肯离去。

文同走上前，道："青蛙青蛙，本官是去查案，除暴安良，你们挡在路上，使我不能去为民平冤，影响本官公务，这样确有不妥，请你们让开道路，让我前去办案。"话落，青蛙们依旧纹丝不动。

文同暗想，是不是青蛙有什么冤屈要诉，但人畜之间又没有语言沟通，便横挡路上让人猜想，如何解释呢？文同试探着用慈善的口气道："青蛙青蛙，如果你们有冤屈，那就有个表示，你们向前走，我跟着你们去察看，如果哪里发现案情，你们便消失，我就开始查办案子。"

文同话落，全部青蛙离开了大路，向汉江边跳去。文同及随从跟着青蛙一直行走，来到汉江边，青蛙全部跳进了汉江消失了。文同感到莫名其妙，来到江边查看，突然发现江里有一具尸体。此时文同恍然大悟，原来青蛙是在为死者叫屈啊。

文同立即派人下江去打捞尸体，然而几个人怎么也搬不动这具尸体。文同便亲自下水帮忙，他们将死者尸体翻过身一看，是一位三十出头的青年人，背上绑着个小磨盘。

尸体被打捞上岸，文同仔细验尸后，发现此人是被勒死以后，然后运到汉江边，背上绑上磨盘后坠入汉江的，凶手没有料到坠江地点水不深，才出现了今天这样的怪事。文同让随行将案件记录好，然后将尸体埋在江边，就进入到秘密破案阶段。等把这事处理完毕，一整天都过去了。文同一行只好暂时取消了去冯杨查案子的计划。

文同回到州府召集司法官员商议，研究分析如何破获这起无头案。讨论了一天，大家也没有找出破获此案的办法头绪来。会议不了了之，但文同早已成竹在胸。

几天后，文同派杜林蓬去冯杨和治杨一代高价收购小石磨，有的村民抱着试探的心态，将自家的小石磨拿去卖钱，没想到卖的价钱很高，这样一传十、十传百，卖小石磨的消息很快在汉江南面传开，因价钱高，有小石磨的人家纷纷将自家的石磨拿来换钱。这天尚牟村一男子拿着一个单扇磨盘来卖，杜林蓬付过钱后，登记了此人的地址和姓名，然后就停止了收购石磨的活动。杜林蓬将收购到单扇小磨的消息报告文同，文同将汉江捞到的尸体身上的小磨上扇，与收购到的小磨下扇合在一起，正好是一副完整的小石磨。

文同立即派杜林蓬带人到尚牟村将卖单扇小磨的人抓获，押往洋州府审问，物证放在嫌疑人面前，文同问："这是你家的小磨吗？"嫌疑人供认不讳。文同又大声说："请你将你所犯的罪行一五一十交代清楚。"

此人看到文同威严的神态，深知纸终究包不住火，便将作案的经过完完整整交代了出来。

原来，凶手名叫牟尚仁，他家有六口人，妻子胡春月，两个儿子，一个女儿，还有自己的弟弟牟尚良。其弟牟尚良今年三十出头，还未娶妻。兄弟二人的父亲去世前，曾对大儿子牟尚仁说，家里有六间房子，待他去世后，大儿子家里人多，分四间，小儿子分两间，以后娶了媳妇他们自己再修。父亲安葬后，牟尚良就随其兄长生活，渐渐地，牟尚仁几个孩子长大了，眼看将要成家娶妻，家中的房子有些不够住了。牟尚仁夫妻俩便对亲弟弟产生了嫌弃，时间一长，他心生歹念，心想只要除掉弟弟，他的房子就全归自己所有。

这一天晚上，牟尚仁在媳妇的挑说下，两人半夜来到牟尚良的床前，胡春月将提前准备好的绳子挂在牟尚良的脖子上，牟尚仁出手帮忙，二人使出浑身解数，将弟弟勒死，然后胡春月弄来车子，对丈夫说："拉去把他扔进汉江，把咱家那个小磨盘绑到他背上，这样他就会永远沉在汉江底下，谁也不会知道的。"

丈夫牟尚仁按妻子说的去做，将磨盘的上扇绑在尸体上，运到汉江边，然后从汉江河堤上把尸体推下水。之后，他们就慌忙离开了现场，以为这个秘密会永远沉在江底。

牟尚仁夫妇对杀弟谋房案供认不讳，定罪后，牟尚仁夫妇被打入牢狱，等到秋后问斩。

文同买石磨破案的故事在洋州传播开来，共收购磨子达到千余合，后来这里的人们用这些石磨子在冯杨通往治杨的河上架起了一座石桥，就叫磨子桥，渐渐这里变成了磨子桥镇。

文同处理完磨盘坠尸汉江案后，又紧接着查实冯杨抗税赋杀害官职人员案，抓获西乡县耕牛多次失盗的偷牛贼头，捉拿住兴道县马场偷窃贼寇，一连串的大案被侦破，极大的震慑住了洋州的那些恶贯满盈、作恶多端的黑恶势力。一些人如惊弓之鸟，唯恐文同查到他们头上，所以他们暗地勾结准备刺杀文同。

这是初冬一个夜晚，文同逢休息天，他回到了北园故居，吃罢晚饭，洗漱完毕，来到书房练习书画。屋内灯火通明，唯他一人在静静地作画，聚精会神一丝不苟，连北园的草木都在听他哪沙沙沙的笔画声。

文同作好了几幅画后，坐下来喝茶休息，像是在等待时间，又好像是在研究作品，偶尔向窗外窥视一下，马上又低头思考，似乎有什么心事，又好像是在等人，感觉内心颇不平静。

文同在房间来回踱步，突然蹲下，紧接着从窗外“嗖！嗖！嗖！”飞来三支箭，射在文同提笔写字的位置，但是文同早有防备，立即敲响了三声铜锣，便赶紧躲避到厨房的地下室。顿时数十个黑衣人手拿大刀长矛闯进文同的书房，准备刺杀他。其实文同早已得到了牛岭梁土匪准备刺杀自己的消息，他早已森严壁垒，布下天罗地网，只等牛岭沟土匪团伙来钻。

当文同敲响三声铜锣，早已埋伏在北园周围的洋州兵壮蜂拥而上，土匪们见中了埋伏，便慌不择路，四处乱窜。有的向外跑被捉拿，有的跑不急与洋州兵壮持刀厮杀，不一会儿土匪团伙就被全部捉拿捆绑。

此时文同走出来，查看州府兵壮们的成果，并问候他们受伤了没有，兵壮们回答说没有。文同道：“大家辛苦了，你们今夜顺利完成了任务，为平息洋州匪患立了一功。”

他来到被麻绳捆绑着的土匪面前，一个一个地查看，当来到一个熟悉的面孔前，文同大声道：“闫黑山！”闫黑山不由自主地“噢”地答应了一声。文同问：“你还认识我吗？”

土匪回答道：“不认识！”

文同道："你已经是傥骆道上的老土匪了，作恶多端二十余年，我就是二十年前上京赶考在牛岭沟被你抢去玉石镯的那个考生，名文同，字与可。咱们今日相见可真是冤家路窄，既然逮住你了，我那个玉石镯子怎么样，该物归原主了吧？"

闫黑山回答："哎呀！文大人，我没有卖，还在我手上戴着哩，请你让他们给我松绑，我这就把它还给你。"

文同心里一动，指示杜林蓬上去松绑。杜林蓬在闫黑山头上扇了一巴掌问："闫黑山，你还认识我吗？"

闫黑山说："不认识，记不起来了。"

杜林蓬又给了土匪头子闫黑山一记耳光说："你还装贵人多忘事哩！我就是陪文知州挑书箱的那个人，你再睁开眼睛好好看看。"说着杜林蓬解开了闫黑山的绳子，取下玉石镯交给文同后，又将闫黑山捆了起来。

文同下令让兵壮连夜将这些歹人送往洋州北城监狱关押起来。进行审问，待秋后问斩。

洋州兵状押走了数十名歹徒，文同安慰了被惊醒的家人及邻居，打发他们回家安睡。北园又恢复了安静的状态，但是文同久久不能入睡，一个人来到书房阅读司马迁的《史记》，忽然间外面杜林蓬敲门，文同招呼他进来，两个人讨论晚上发生在北园的惊险之事，文同还未开腔，杜林蓬就急着说："文知州啊！你真有先见之明，二十年前你上京赶考走在傥骆道的牛岭沟口，土匪抢走你母亲送的玉石镯子后，你曾说过以后一定会追讨回来的，今天果真物归原主。你的预言真准，应验了君子无戏言这句话。"

文同道："这只能算是一种巧合，假如没有在京城的苏辙给我寄来的这封密信，咱们今晚就会身首异处了。"

杜林蓬急忙问："此话怎讲？苏辙远在千里怎么会知到洋州要发生谋杀案子？"

文同语重心长道："你知道当年发生在永泰的考卷调换事件吗？那就是当时的永泰县令樊维湘操作的，他把我的卷子名字换成了他儿子樊东的名字，樊东因此获得永泰第一举人的名号。后来文彦博大人查明了这桩案子，撤销了樊维湘县令职务，樊东的举人资格也被取消，离开永泰之后，他们去了京城，但这些年来他们一直对我怀恨在心，寻找机会报复我，在朝廷里给我设置麻烦，所以我就喜欢远离朝廷做事。这次樊东秘密找到一个人，出钱让此人来洋州联系洋州华阳土匪闫黑山暗地里除掉我，不巧这个人与苏辙在同一饭馆吃饭，他吃完饭没有钱付，掌柜不让走。苏辙见状，便替那人付钱解了围。此人自此和苏辙交好，便悄悄将此信息透露给了苏辙。苏辙便派人从京城将此信送到我手里。所以我提早做了准备，一会儿工夫就将这帮穷凶极恶的亡命之徒制服了。这次成功擒拿凶手，得好好感恩我的老弟苏辙，不然今晚生死难料啊。"

一席话听得杜林蓬茅塞顿开，用手擦了一把额头上的汗说："真没想到世上的事就这么的复杂，真是无巧不成书啊。要不是苏辙大人帮忙，我们或许就要身首分家了！"

文同道："这次审讯闫黑山，一定要将京城樊东派的人挖掘出来，留住作为人证，如果他有人命在身，一定要依法惩处，不然他们会继续危害朝廷的。"

第三十回 洋州山河风清气正 一代廉吏名垂青史

天亮了，寒风摇动着北园的树木，那些栖息在树上的候鸟，叽叽喳喳叫着，村庄好不热闹。冬日的阳光温馨恬静，一缕缕从寺院岭照射过来。

文同一大早用完早餐就来到了洋州府，他叫来杜林蓬，询问提审歹徒的情况，问有没有从京城来洋州伙同闫黑山作案的。

杜林蓬道："我们是分头进行提审的，经过几个回合的审问，终于审问出京城樊东派来洋州的刺客，名叫秦正，在汴京西城居住，没有正式职业，就是靠给别人打架斗殴挣钱谋生的，他现在在樊东家私设的武装民团内干活儿。家里有媳妇，还身怀有孕。他一直在京城替樊东打家劫舍作案，专听樊东使唤，这次樊东派他来联络洋州华阳土匪闫黑山，光给闫黑山送礼金就是一千五百贯，给他个人五百贯。樊东还经常把朝廷的一些机密通过私下关系弄来，秘密送给西夏国、契丹国牟利，樊东此人已经成为地地道道的谍探、西夏国的走狗，我们应该将此案件申报给圣上，让朝廷尽快予以处置。"

文同道："先将这个秦正好好关押着，我们把证据弄全，然后递交给朝廷，递交给兵部，让刑部去正法、处置。”

杜林蓬道：“文知州的话提醒很及时，看来秦正的问题还没有交代彻底，必须继续提审。知州大人，你看这距离秋后结案的时间不远了，是否再次去提审一下那几个身背命案的囚犯，再核实一下案情，以免出现不必要的麻烦。”

文同斩钉截铁地说道：“走！现在就去提审。”

文同来到北城角洋州监狱对三个死刑犯闫黑山、牟尚仁、杨斌的案件一一进行了复审，他们对自己的罪行供认不讳。走出审讯室，文同长叹了一口气，对杜林蓬说：“看来这三桩命案，事实清楚，证据确凿，可以结案。秦正的案子牵扯到樊家父子，只能上报朝廷后由刑部去执行。”

十月十五，深秋的洋州蓝天格外美丽，白云飘逸，阳光明媚，一队队行人向洋州开明广场走去，人们都在七嘴八舌地议论着：“听说今天要处决几个杀人犯哩，咱们赶快去看看是怎么回事。”就这样大家议论着向洋州开明广场簇拥着走去。

巳时时分，由洋州兵状押解着死刑犯，和即将判刑的囚犯向审判台走来。整个大会会场鸦雀无声，人们都愤怒地注视着这些罪恶累累的囚犯。

审判台上依次站着牟尚仁、杨斌、闫黑山、秦正及十余名即将判刑的罪犯。判官首先宣读了这些人的罪状，并一一宣判了五至十八年不等的徒刑判决。轮到了秦正，没有再往下宣判，他认为没有宣布的这些人，可能都要被杀头，他看到身穿红色衣服手持闪闪发光钢刀的刽子手，好像是小鬼判官，又好像是夺命恶魔，顿时脸色苍白，魂不守舍，心想生命只有一次，死了就成泥土了，他对死惧怕极了，他后悔不已，但为时已晚。突然他想自己在汴京西城的妻子，妻子肚子里还有未出世的孩子哩。这样死在洋州谁也不知道，太冤枉了，他憎恨起派他来洋州杀人的樊东，他憎恨起眼前这个土匪闫黑山。他恨不得扑过去咬掉闫黑山的鼻子，恨不得立即回汴京去找樊东父子报仇。此时他不由自主地大声呐喊："文知州你不能杀我！文知州你不能杀我！我这里还有我幕后指使人樊东的许多秘密，只要你不杀我，我会向你们交代一切，请你们千万别杀我。"

秦正说的话都被书记员记录了下来。看来人是不到黄河心不死，到了黄河知浪急。秦正绝望地想，若有来生决不再上这样的贼船。

判官继续宣判三个死刑犯的罪状，并当场对三人进行了砍头正法。看着三个活生生的人头落到地上，秦正更害怕了，唯恐此刀砍断自己的脖子，他没想到朝廷的律法竟然如此严酷。生死一瞬间，阴阳两茫茫。自己何必为别人去冒风险做事！教训啊教训，这是血的教训。他下定决心，只要能留下自己的性命，他什么都交代，争取官府宽大处理。

行刑结束了，唯有这个秦正犯人被押往北城监狱关押，围观的群众也陆续离开了开明广场。州府衙役们将被砍头的三具尸体抬出南门外荒地进行掩埋，西边靠着汉江的南门外荒野摊头的树上一群群乌鸦在"哇哇哇"乱叫。

晚上，文同带着杜林蓬及其随从，来到北城监狱，单独提审秦正。

文同坐在审讯室，秦正坐在文同对面，文同质问："秦正，你可知罪？今天本应将你当场处斩，但你说要为大案提供线索，方才留下了你的性命，现在你要如实交代你的问题，你如何与樊东勾结作恶，只有老老实实交代，才能争取官府宽大处理，保住你的性命，今晚就是你坦白交代，争取活路的最后机会了。"

秦正胆怯地回答道："文大人，我如果把樊东的罪恶全部交代了，请你不要杀我，我在汴京城西还有家小，我是万不得已才被樊东利用的。”

文同道：“只要你如实交代樊东的罪行，待我报告朝廷，会考虑留下你的性命的。”

秦正急忙道：“那我全部交代，全部交代。樊维湘父子在汴京西城安家后，找关系在开封府一个小县城当上了县令，后来不知何故又被晏殊丞相给罢免了。开始他们还安安静静地在家过了几年，后来他儿子樊东就和社会上不三不四的人来往，搞违法乱纪的事情，渐渐发了财，有钱了就组织起了家庭武装。现在他家在京城四处秘密训练私人武装，已有四百余人。西夏人侵犯中原，其中许多消息就是从樊家那里得到的，您在定难军当军事通判，捉拿的那两个西夏间谍，押到朝廷兵部审讯完后，交了赎身金后就被朝廷释放了。那两个间谍深夜就去了樊维湘家，在樊家住了很长一段时间，才没见了身影。”

文同道：“好！你再把樊家父子在汴梁草菅人命的罪证一五一十地交代清楚，只准说真话，不可有半点虚假。”

秦正道：“樊东第一次犯人命案，就是您去静难军当军事通判离开京城的时候，樊东亲自去给你们找茬闹事，他让我也去，不巧的是他正要出发，他的小孩掉进了水塘里，他自己不会游泳，就派我去救小孩，他骑马去追赶你们制造麻烦。可能是那次他去给你们找事没占到便宜，他回家后很生气，看到他家孩子和邻居家孩子一起玩耍，趁那家大人不注意的时候，他一脚把人家小孩踹进水塘里淹死了。那家人第二天看到孩子淹死在水塘里，哭得死去活来，以为是孩子自己不小心掉进水塘里淹死的，便不了了之；第二次犯人命案，是他从山东暗招来的家兵。有两个青年干了一段时间不想干了，要求回家，他不准回，发生了口角，晚上他就派人暗中把两个青年杀害了。还让我帮忙去运送尸体，埋在下河边村的河滩沙堆里，估计现在尸体早已腐烂了。樊东还喜欢寻花问柳，他和我到漳州农村去招聘仆人，在一荒郊地，有一个漂亮女孩在放牛，他看上了眼，打发我去干别的事，他去搭讪那个姑娘，等我办完其他事过来找他，那个女孩已经死了。后来他和我悄悄回了汴京。那桩案子至今未查出。”

文同道：“今晚夜已很深，就先谈到这里。”他让记录员把笔录拿给秦正看，然后让他盖上指印。

文同一行离开监狱，向洋州府走去，他边走边想，秦正事先放一放，等待时机押往京城，对证樊东罪行，交给刑部去解决。从明天开始，他要继续整顿洋州的社会风气，决不能让洋州有像樊东这样的人隐藏在内部胡作非为。

这天文同早早起了床，准备再去北园赏筜湖写诗画画，观察研究竹子，以平复一下这几天烦乱的心情。刚出北门，又碰上一男一女坐在地上哭泣，文同便详细询问二人为何哭泣。

原来二人是两口子，在洋州北门里居住，掌柜名叫刘二旦，以卖粥为生，抚养子女及老人，每日起早摸黑，勉强度日。这天五更起床，两口子抬着粥缸子、碗架准备去街上摆摊卖粥。不巧，被一块大石头绊倒，摔烂了粥缸子和卖粥用的碗盏。小本营生没有多少积蓄，这一摔，就摔去了一半家当，所以刘家两口子心疼懊悔得坐在地上痛哭哩。

文同听了夫妻俩的遭遇，不禁心生同情。他决定不去北园了，先解决这两口子的问题。文同郑重地对刘二旦两口子说：“这样办吧，你俩把这块石头抬到衙门里去，我要审问这块石头，叫它赔你们的粥缸子。”

刘二旦心里想：俺这就够倒霉的啦，您这位官府大老爷还开什么玩笑？可不抬不行啊！大老爷的命令，谁敢不听！没法，刘二旦两口子就挑起扁担，用抬粥缸子的木架，抬起那块石头，朝州府衙门走去。

人们见卖粥的两口子抬着块石头，跟在文知州后面，都感到很稀奇好笑，有的人开玩笑说：“难道州府大人要审石头不成？”这一吼咕，一街两巷的人都跟着去州衙门看稀罕，呼啦一下子就挤满了大堂前的院子。

文同命令衙役看守好衙门口，只许进，不许出，围观的人渐渐多了。然后，他就站在大堂前开了腔：“乡亲们，今天本官遇上这块石头绊了人，砸破了缸。害得刘二旦两口子哭哭啼啼。本打算审审这块顽石，可是它就是不开口。既然它引来了众乡亲，就让它将功补过吧！大伙儿凑个份子，代这块顽石受过，愿意的，给个一文钱两文钱，多者不限，算是大伙周济刘二旦夫妇吧！”

听了文同这番话，看热闹的人，纷纷慷慨解囊，不大会儿工夫，就凑了足足有二十多吊铜钱。文同等看热闹的人走了以后，自己又拿来几两散碎银子，连同二十多吊铜钱，一起交给了刘二旦，说：“这足够你的粥和粥缸子钱啦，回家去吧。”

刘二旦实在没想到，自己打了粥缸子，正在危难之时，竟然遇到了文同，机智地帮他渡过了难关。他激动得热泪盈眶，千恩万谢回了家。从此文同为小民分忧的事，在洋州又传播开了。

洋州有个地方叫铁冶河，铁冶河有个王家庄，王家庄里有个年轻人叫王二。这王二一贯勤吃懒做，得过且过，游手好闲，不务正业。白天在家睡大觉，夜晚出去偷东西。有了钱大吃大喝，耍钱赌博恶习成瘾，没有钱就穿墙打洞，提门拧锁，偷窃村人邻居财物。天长日久，人人都鄙视他、厌恶唾弃他。

王二的妻子李氏很贤惠，对于丈夫的这种行径，看在眼里，急在心上，虽然多次良言规劝，但他全当耳边风，仍旧照偷不误。李氏恨自己治夫无方，很是苦恼。一天她听说洋州新来的知州文同，平抑暴恶，抚恤良善，清正廉明，颇有政声，心下顿时一亮，何不找文知州出个主意，治治这窝囊丈夫，让他弃恶从善？

说干就干。第二天李氏走了九十多里的山路赶到洋州城，找到文同，详细说了丈夫偷鸡摸狗之事，盼文知州能教训丈夫一顿，使他改邪归正。文同耐心听完李氏的诉说，略一沉吟，诚恳地说你先回去吧，这事我知道了。说完话文同又到筼筜谷去画竹写生去了。

李氏回来后，百思不得其解，这文知州怎么连话也不多说两句就打发我走了呢？这有偷盗恶习的丈夫，什么时候才能让他浪子回头呢？李氏不禁埋怨起文知州。

一天夜间，李氏一觉睡醒，发觉丈夫又出去偷窃了，心里愤懑难忍，遂起床用木杠把门闩了。她躺下后，翻来覆去再也睡不着了，心里盘算着怎样才能说服丈夫走上正路。

这时，忽然听到从后墙根传来“咯嘣咯嘣”的响声。起初，她以为是老鼠在活动，就没有在意，夜深人静，“咯嘣”声却越来越响，她觉得好像不是老鼠活动，就坐起身来，侧耳细听。

突然，只听见“哗”的一声，后墙脚开了个洞，一束月光透了进来。她立刻恍然大悟：啊！原来是小偷在打洞哩！她连忙轻轻地翻身下床，顺手拿起一个小板凳，蹑手蹑脚地来到洞口跟前。

这时，小偷发觉屋里没有动静，就把头从洞口先探进来想看看虚实。他的头刚伸进来，李氏就用板凳卡下去，两条板凳腿儿刚好卡在他的脖子上，动弹不得。李氏为防意外，接着挪来旁边的一个石碓窝，把它压在板凳上。这下小偷的头被卡在墙里，身子露在墙外，欲进不能，欲退不得，既不能动弹，又不敢声张，只好乖乖地趴在那里，任凭主人处置。李氏看小偷再也无法逃跑，心想等天亮了再作处理不迟。

正在她准备吹灯重新上床休息之际，只听小偷说："贤妻，快放了我吧。"李氏猛一听打了个激灵，这小偷也太大胆了，怎么满嘴胡说着还想占便宜。于是厉声喝问："你是谁？冒充我夫君，看我不揍死你！"只听墙里的人说："我是王二呀，真的，不信你过来仔细看。"李氏过去一看，果然是自己丈夫王二。这一看她真是气不打一处来，李氏抡起巴掌就掴了王二几个耳光："你个混账东西，偷东西竟然偷到自家屋里来了，天下哪还有你这不要良心的！你在墙洞里待着吧，明天干脆把你送到州衙去，叫文知州处置你吧。"

王二被板凳卡着脖子真是难受极了，他喘着气央求说："贤妻，你就开开恩吧，我再也不敢了！以后我听你的话还不行吗？一定做个自食其力、安分守己的好人。"听了丈夫的话，再说板凳卡着脖子的滋味也确实不好受，李氏怕板凳卡久了出了意外，这才口气放缓问道："老实说，你咋动了偷自家的念头？"

王二只得老老实实回答："晚上在李二毛家赌博，运气差，钱都输了；我想再捞回来，却没本钱，禁不住就想去村里偷点东西再来赌，可深更半夜的我去偷谁呀？想来想去，我想到你出嫁时还有一副银手镯压在箱底里，于是想趁半夜你睡熟了，回来偷拿去再赌。没想到我回来一看，房门被你紧紧闩着，叫醒你不但拿不了手镯，想再出来也不容易了。没办法只好采取打墙钻洞之法……”

这一说李氏的气又上来了：“你呀你呀，真是混账透顶！今天是栽倒我手里，要是栽在别人手里，板凳卡住，把你皮剥了都由人家哩。看你今后还敢偷吗？”

“不了不了……”王二一迭声地回答。李氏起身去掉板凳，王二正要退身出去时，只听外面喊声四起：“抓小偷，抓小偷啊！”李氏急忙跑到房后去看，只见丈夫早就被村上的乡丁及州衙的捕快抓住押走了。

第二天，文同在州衙里审讯了王二偷盗案，当着其妻李氏的面把王二好好教训了一顿，王二当场表示以后一定要洗心革面，重新做人。

最后，王二夫妇临走时，文同才把李氏叫到一边，告诉她抓王二的真相：自她报案后，文同了解到王二确实是个惯偷，决定好好治治他，所以暗地里派了两个州衙衙役乔装打扮后到铁冶河王家庄监视他。那天在李二毛家里，王二输了钱，两个衙役听他要偷东西来再赌，就悄悄盯上了他。没想到王二不得进门，情急之下竟想出了打洞钻墙的主意来，正好被没睡着的李氏用板凳卡了个正着。衙役跟去抓王二，听到王二媳妇正教训他，就躲在一边偷着乐。直到最后看李氏把板凳取了，才顺势把王二抓获归案……

李氏知道了事情原委，千恩万谢地辞别了文同。从此，王二幡然悔悟，弃恶从善，再也不东偷西窃了。同时，文同巧治王二的故事在洋州传为佳话。

洋州府下令，各县、乡、村检举排查本地的恶势力，村霸、街霸、行霸。登记造册，该抓的抓，该判刑的判刑，有命案的犯人报刑部审议处斩，杀一儆百，净化社会风气。经过几个月的整顿，洋州社会安静祥和，风清气正，消除了匪患及小偷，老百姓昼不关门，夜不闭户。文同在当地百姓心中威信越来越高。消息很快传到了汴京，传到了皇帝耳中。

熙宁十年（1077）秋末冬初，文同再次得到朝廷官诰，被授予司封员外郎，仍加上轻车都尉，散官如故赐。朝廷充分肯定了文同在洋州的政绩，感念他长期任地方官太过辛苦，命他任满回朝待命。

文同体恤民情，立意改革创新，为朝廷积蓄财力物力，每走一处人民爱戴拥护，在洋州写下了他人生最为辉煌的篇章。

第三十一回 回京城为国先除害 壮乾坤替社稷尽瘁

熙宁十年（1077）冬，十一月中旬的一天晚上，夜色苍茫，北风呼啸，天气骤然变冷，洋州飘起了雪花。第二天洋州通往北园的路已被白雪覆盖，大地真乃银装素裹。文同将要离开洋州去京城接受新的任命，他心里也是非常高兴。洋州城的州府事务交接他已提前办理完，等待他的是向京城出发。

文同来洋州任职，其亲戚亲属从四川老家赶来了不少，现在已有四十余口人在洋州北园，上京城不可能将他们都带上，就这样文同在洋州留下了二十余口人，自己只带了十余口人沿傥骆道向京城进发。

当文同离开北园的时候，洋州新任知州带着官员前来送行，洋州城的百姓听闻文知州要离开洋州，都带着妻儿老小来送行，有的老乡还拉着文同的手留恋地落下眼泪。文同安慰大家说："洋州的乡亲们，大家不要因我的离开而难受，我以后还会回来的，大家留步吧！不用再送了，送君千里终须一别，回去吧。"人们停住脚步，目送文同及家人踏雪向北走去。

杜林蓬、江怀玉，押解着秦正，跟随在队伍的最后面，雪地上留下一串串足迹。

文同无奈地看了一眼秦正，打了个寒战，心想：樊东正在汴京发展自己的私人武装，同西夏王朝暗地相勾结，这个隐藏在大宋朝内部的蛀虫若不早日除掉，必然会殃及到国家江山的安危。必须建议朝廷好好整顿京城的这些混杂的民间团伙，必须严厉镇压和打击那些里通外国的奸细，还国家平安，还社会安定。

文同此时憎恨极了樊维湘和樊东父子俩，这父子二人多年来为祸一方，各种行径令人发指。如今竟然投敌叛国，堕落到如此程度，太不可思议了。

一行人走到释子山梁，登高望远，文同回头看见了洋州城，他想再好好看一眼自己曾经呕心沥血建设的洋州城。这一走又不知到何时才能再回来，一种依依不舍的情怀涌上心头，他挥了挥手示意大家坐下休息一会儿。

文同向高处走了几步，登上茂台凝视着南边的古洋州城，那五边形的洋州城池，清晰可见，高高的城墙垛口均匀呈现，城墙四周的池水碧波荡漾，洋州鼓楼庄严宏伟，开明寺唐塔云雾呈祥，汉江在洋州城南蜿蜒曲折，涛涛流淌。那川流不息的江水闪烁着粼粼碧光 ，给人以美的享受，令文同难舍难分，流连忘返。

文同突然暗问自己：不知若干年后，还有人记得这洋州城与我文同的关系吗？他叹口气，自言自语道：“唉！历史长河滚滚向前，荡迹着岁月的污泥浊水，远去的是浊水，留住的是历史。人们或许有可能会忘记洋州城的建造历史，有可能忘掉文同这个名字，但是那座五边形的城池总会引起人们的注意和深思，五边形的城池是让国人记住，孝道文化远大于一座州城墙，孝道文化远大于人类社会的所有文化，人类文明应该是从孝道开始的。”

时间过去了好一会儿，文同的妻子李氏招呼文同：“你把洋州城看够了没有？孩子们都说赶路要紧，不能再耽搁了，到京城还有那么远的路，像你这么样三歇两等地走，要走到何年何月？”

文同突然从回忆中醒了过来，回答道：“好，那我们走吧！”人们又出发，向秦岭深处走去，走着走着就踏进了天梯石栈，古木荒林。那云雾飘摇，雪松云观的大秦岭朦朦胧胧闪现在眼前。耳旁有子规啼鸣，猿声不断，野鹿哀嚎，文同一行伴随着大自然的旋律迎风前行。复杂的环境，曲折蜿蜒的山路使犯人秦正几次产生想逃跑的念想，但一次次被杜林蓬、江怀玉识破，杜林蓬索性将捆秦正的绳子一端系在自己手上。

经过多日行走，他们终于回到了京城，来到朝廷提前安排好的落脚地，文同暂时住了下来。他不顾路途劳顿和辛苦，立即去向朝廷汇报樊东父子勾结外部势力蓄意谋反的事实经过，宰相王安石接待了他。王安石命人将文同抓获的证人秦正押解到刑部大牢，并派专人去告知兵部注意西夏国的动态，密切注视樊维湘樊东家庭武装团伙的动态。王安石对文同说：“你汇报的事情很及时，也很重大，我要立即汇报朝廷，等待明天早朝圣上同大臣们商议后再做处理，你现在先回去好好休息。”文同终于放心地离开了宰相府。

第二天早朝，大臣们给皇帝行完大礼，神宗皇帝问：“各位爱卿，有何重大事宜请讲，大家好共同商议解决。”

王安石站出来，把文同反映的关于樊维湘父子勾结外部势力，组织家庭武装，蓄谋颠覆大宋王朝的事实详细地讲述了一遍。

朝堂顿时鸦雀无声，大臣们万万没想到就在自己居住的皇城脚下，竟然有这么一个团伙勾结西夏王朝准备颠覆大宋的江山社稷，实在可恶可耻，真乃树欲静而风不止啊！而远离庙堂之高，身处江湖之远的文同，能为朝廷破获如此重大案件，实在令人佩服，“文同太了不起了！”大臣们在下面议论着。

早朝结束后，王安石立刻派军队前往京城西街，包围了樊家大院，樊家的武装团伙出来抵抗厮杀，不一会儿就被朝廷的官兵制服，头目逮捕押往大牢，樊维湘、樊东父子均被逮捕，樊家暗地经营多年的私人武装顿时土崩瓦解了。

刑部尚书韩琦很快受理了樊家里通外国的犯罪行径，经证人秦正与樊家父子的当面对质后，樊家父子对所犯之罪供认不讳。此二人被定罪后，择日在汴京刑场执行砍头刑。

樊家父子犯罪案宗交给朝廷后，文同受到朝廷的高度重视，神宗皇帝认为文同是大宋王朝的忠臣良才，一时文同的名声传遍京城，特别是文同用鹅溪绢画的墨竹图誉满京城，附庸风雅的达官贵人多以得到文同书画为荣耀，纷纷拿素绢到文同家请文同作画，文同每天都应接不暇。达官贵人太多了，实在难以应酬，这位温文尔雅的文同感到了困扰，看到满屋都是送来的绢帛黯然神伤，有时将绢帛抛在地上，生气地说：“吾将以为袜。”

他写信给在徐州任职的苏轼，诉说自己的烦恼，要求苏轼“近语士大夫：‘吾墨竹一派，近在彭城，可以求之。’袜材当萃于子矣。”希望苏轼向士大夫们转告自己年老多病，特别是眼疾已经非常严重，不适宜再长时间作画，同时肯定苏轼已经得到他的真传，是墨竹一派大家，希望苏轼帮他作画以应付前来求画的显贵们。信尾赋诗道：“拟将一段鹅溪绢，扫取寒梢万尺长。”

朝廷给文同一家在城南安排了住处，给文同安排了“判登闻鼓院事”职务。“判登闻鼓院事”是一项极其棘手的工作。民间上诉到中央的状子越来越多，曾派去好多官员，都不能胜任这项工作。朝廷认为文同在地方任职多年，每走一处都会给百姓留下很好的口碑，地方工作经验丰富，很会处理事情，便把这项艰巨的工作交给了他。文同知道“判登闻鼓院事”这一职务难干，但是他想到的是国家的大事，想到的是如何为朝廷出力。他认为作为一名朝廷命官，那只有朝廷按能力选拔个人，而决不能个人去挑选朝廷的职务，对朝廷无比忠诚的文同，毫不犹豫地挑起了“判登闻鼓院事”这一重要职务。

判登闻鼓院是宋代受理官民谏议或申诉的机构，它与登闻检院同属谏院，两院性质同中有异，相互制约，主要受理文武官员和老百姓的奏章，凡言朝政得失、公私利害、军事机密、乞恩昭雪等，无法直接呈递给皇帝的，都先经“鼓院”收进状子，如被拒绝，则改投“检院”。文同就是登闻鼓院行政长官，两院衙门均在宣德门左右两侧，也是皇帝了解民情的重要窗口。

文同到任后面对的都是全国各地的上访告状之人，这些告状的官员和百姓大多都含有冤屈，因而常常情绪激动，痛哭、争吵，甚至打骂的事时有发生。文同令手下耐心劝说，细心登记，做好安抚调解工作。文同每天都坐镇衙案，他对众多冤民千里迢迢来京城诉说自己遭受的苦难深表同情，对一些地方官员推卸责任，鱼肉百姓，制造冤假错案的恶行表示极大的愤怒。

此时文同已患消渴症，他忍受着身体的病痛，亲自接待属下无法安抚的冤民，他引用朝廷律令和不同地方的乡规民约，化解了一个又一个矛盾。文同将涉及不同部门的冤情及案情按急缓轻重，分门别类，誊抄整理，如实上报，要求尽快给予答复解决。不到半年，文同就将混乱不堪的登闻鼓院治理得井井有条，得到主管谏院的官员和递状当事人的交口称赞，为此文同这位老迈而忠厚的五品官员引起了神宗皇帝的高度注意。

元丰元年（1078）十月的一天，神宗皇帝下旨召见文同延问政事。文同接旨，激动不已。“平生所怀抱，共与帝王论”，官途三十年，愿望终实现，他整理好衣冠，恭恭敬敬走进明堂，见到神宗皇帝高高坐在皇帝宝座之上，是那样的庄严宏伟，文同五体投地地跪拜在皇帝面前。

“文爱卿平身。”他听到一个中气十足的声音，文同缓缓抬起头，慢慢站了起来，仰视这位英明神武的年轻皇帝。

神宗皇帝道：“文爱卿，你的书画作得很好，特别是墨竹画誉满京城；你的政绩卓著，在陵州，在兴元，在洋州的改革都很成功，事实证明你改革三地的方案使国家受益，百姓获利，很得民心。特别是这次，在短短的时间内，就把登闻鼓院整理得井井有条，替朕做了一件大事，很令人称赞；还有你在洋州破获了樊家父子里通外国的案件，为国家消除了隐患，朕感谢你啊！”文同听到这位至高无上的圣君称赞，心中无比的欣慰，觉得这一生耕耘政事，虽苦而不枉然。

文同回答皇帝道：“这都是做臣子的分内之事，朝廷发俸禄供养臣子，臣子在下面为民做事，这是天经地义的。做好那是自己的职责所在，做不好那才是愧对朝廷。”

神宗皇帝高兴地说道：“文爱卿说得好！天下臣子都像你这样，那我们的国家事情就好办多了。”

一番中肯的交谈过后，神宗皇帝问文同：“文爱卿，你看当今天下最需要紧急处置的头等大事是什么？”

文同胸有成竹地说道："第一，对外必须时刻提防西夏国和契丹对边境的骚扰，加大国防建设力度，训练一支能征善战的军队，必要的时候可出征扩大我们的疆土。防御的最好方法是进攻，这样才能保证边境的平安，领土的完整，阻止西夏国和契丹国不断扩张的狼子野心。第二，对内洋州与秦凤接壤错比，地形复杂，管理困难，经常出现盗匪抢掠，致使境内百姓和过往商旅不得安宁，官军一来，盗匪便躲进深山幽谷之中，官军一去，他们又出来为非作歹，祸害百姓。如果盗匪越聚越多，形成气候，一旦犯上作乱，势必阻断朝廷与西南巴蜀的交通，而动摇我大宋的基业。建议在通往剑门关的要道上预先设置警卫（哨所），在五丈远（陕西岐山南）设置尉吏，负责调度骆谷与华阳镇（陕西洋县北）的驻军，一旦有匪患，可相互驰援，及时防御，彻底根除匪患。第三，时下有很多老百姓千里迢迢到登闻鼓院上访，投诉的人天天都有，案件越积越多。究其原因，在申诉的案件中，有很多在地方上都是可以解决的，但许多地方官怕担责不予受理，致使冤民废弃农事，奔走千里，怀抱状书聚集在登闻鼓院，造成影响。"文同建议对这样的官员应当追究"推诿"之责，今后凡案件处理有冤情或拖延不作受理，以至于冤民到朝廷控诉才得到解决，必须从重处罚当地负责审办案件的官吏，促使他们爱惜前程，忠于职守，使百姓诉讼信访之路畅通，不再遭受冤屈痛苦，减少损失。

神宗皇帝听了文同的建议后说："文爱卿的建议非常好，准予采纳。"

同时神宗皇帝看到眼前这位白发苍苍一副病态的忠诚老臣，依然为朝廷操劳，提出如此好的建议，不禁一阵心酸，泪水湿润了眼眶，他叮嘱文同："文爱卿一定要保重身体，你还有什么要求请讲给朕，给你解决。”

文同能受到皇帝的恩宠，单独召见已经感到非常荣幸，没有再提及加官进爵、荫庇子孙的要求，也未表达再回蜀地的愿望，只向皇上提出：“待鼓院任满，乞郡东南。”

神宗皇帝答应了他的请求，文同高兴地离开了皇宫。他边走边想，自己已到衰暮之年，身体大不如以前，东南那是自己先祖文翁出生的地方，到那里该是叶落归根了。

文同受恩召见，在京城引起很大轰动，好友范镇、司马光、刘挚、石幼安（苏轼的亲家翁）、退休在家的文彦博等，经常向他邀约，大家一起聚会，谈诗论画，品酒品茶。还有不少趋炎附势的达官贵人也争相邀请文同到家做客，因疲于应酬，文同病倒了，整个夏天卧床不起。

秋天，京城天气转凉，文同身体渐渐康复，这天他早早起床，在院子里散步，忽然杜林蓬来到他面前兴奋地说道：“告诉文大人一件高兴的事。”

文同问：“什么事，说出来大家都高兴高兴！”

杜林蓬道：“三子垂光考中举人了，你说是不是高兴事？”

文同回答：“是是是！数十年寒窗，点灯熬油，才能走到这步啊！晚上喝酒庆贺庆贺！”

这时文同一家人都从内屋走出来，想探听文家老三考中举人的事宜。文同看大家这么齐整地围了出来，便招呼大家说：“今晚做几个菜，庆贺老三中举。”大家都很赞成。

晚上文垂光回来了，文同妻子李氏已做好了家宴，为垂光考举成功接风洗尘。文同同三儿子垂光坐在一起，大家脸上都挂满笑容，人们坐齐后，文同举杯说：“今晚聚会是为我们垂光考中举人而接风洗尘，希望我们文氏家族，都好好读书，多出人才，为国家多做贡献。来！我们为垂光考中举人干杯！”

大家都举杯一饮而下，垂光给大家一一把酒斟满说：“我这才是考中举人，比起大哥、二哥都考中进士还得好好努力，我敬大家一杯！”人们举杯饮下。

全家人在一起推杯换盏，好不热闹，大家正吃喝高兴的当儿，文同举杯说：“来！饮下这杯酒，我还要告诉你们另外一件喜事。”

大家喝酒下肚，杜林蓬问：“文大人，还有什么喜事？我们都想知道。”

文同又饮了杯酒说：“男大当婚，女大当嫁，我今年六十有余，小儿子务光成家是我最为牵挂的事情，经与婉儿的父母亲商量决定，十月十一给务光和婉儿举行婚礼，到时在座的都得参加。”

文务光和苏婉儿都站了起来，向在座的诸位招呼道：“欢迎各位到时参加我们的婚礼。”

大家向他们祝贺，在一片欢乐气氛中，结束了家宴。

转眼十月份到了，汴京大街上的梧桐树换上了一身金黄，秋蝉的衰弱声音回响在城市的上空，大自然预示一个轮回将至，即将进入冬藏，收集营养，为来年的明媚春色聚集能量。

文同及家人忙碌着为小儿子务光准备大婚之事，房屋的装修，宴席的置办，家具的购买，文同感到压力不小。虽为官多年，俸禄挺高，但多年来自己掏钱资助那些孤寡、病残和遭遇天灾人祸的百姓，早已花去大部分，如今手头也没有什么积蓄。加之近年来身体每况愈下，总要吃药保养，手头很紧张。但是性格刚强的文同不向国家伸手，不向朋友借贷。只给家人安排尽量从简，不讲什么排场，只要能把儿子的婚事应酬下来就行了。

文务光很不高兴，认为自己一生就结这么一次婚，弄得这么简朴会让人笑话的，便质问父亲道：“父亲您已经为官三十年了，难道一点儿积蓄都没有吗？咱们把婚礼办得这么寒酸，恐怕会遭人笑话。”

文同劝儿子道：“务光啊！你质问父亲的话不无道理，父亲为官多年，手头儿每天经过的钱都多得很，但是父亲是朝廷命官，那就要为朝廷做事，朝廷的钱就是朝廷的钱，决不能将朝廷的公钱私用。小官是民众的带头人，大官是小官的带头人，无论是大官小官必须理清公与私之界限，像我这样的官员如果公款私用，那么我以下的官员会上行下效，这样一来会形成大官大吞，小官小贪，民众就会苦不堪言，国家财政就无法支撑，社会就会形成混乱，社稷江山就会动摇。做官不是为了牟取私利，而是为了国家，为了民众，这个信念不可动摇。父亲虽然清贫，但所作所为无愧天地，无愧于己，纵然清贫也心甘情愿。”

文同的这番话深深的感动了务光，务光也体会到父亲为官的难处，但是距大婚的期限越来越近，怎样举行这个仪式呢？文务光经过反复思考想到了一个折中的办法，他对父亲说：“父亲大人，家中有困难，我们就婚事简办，我和苏婉儿以游旅形式，到南京我岳父苏辙家去，在那里让他们举行一个结婚仪式，不就过了这个婚典，以后回来你邀请你的朋友简单聚会一下这件大事不就过去了。”

文同听了儿子务光的想法很是高兴，夸赞儿子道：“儿子长大了，思想转变快，也很会想办法，好，很好！那就照你的想法去做。”

这是十月初九的晚上，文同一个人走出家门，来到城南一处空旷地带，眼望天空还未圆满的月亮，黯然神伤，还落下了眼泪。想到自己没有给儿子一点助力，他长叹一口气，自言自语道：“唉！问心有愧啊！我真没有给后人积攒下什么，几十年来为国家为百姓，我毁家纾难，慷慨解囊，受到人们的夸赞，解决了别人的困难。而今天自己儿子结婚却手头空空。”此时他悟出人们常说的那句“男人心软受饥寒”的哲理。儿子对自己的责怪也不无道理。文同想到儿子在其老丈人家办婚礼，更觉得愧疚无比。

此时文同的妻子李氏来到他身边问：“你一个人来到这里做什么？家里人把你好找啊！”

文同把自己的心酸事说了一遍，特别是说到自己身为司封员外郎，朝廷命官，连儿子的婚礼都举办不起时，伤心地抽泣起来。

他夫人李氏奉劝说：“相公，这个你也不用伤心，你忘记了家庭，却关心着百姓，关心着国家大事，如今你走过的地方民康物阜，海晏河清，人们都说你是一代廉吏。这是你公而忘私才赢得的民心，这是多么光荣的事，我们应该满足了。”

经他妻子这么一说，文同心头乌云忽然散去，似乎透过夜晚的黑暗看到了黎明的曙光。文同兴奋地说：“好！有你这番话我的心结就解了，不会再去纠结那些事了。”他紧随妻子向家中走去。

文务光、苏婉儿长途跋涉从汴京到了南京，将父亲的情况讲给了苏辙，苏辙很同情其表哥文同的状况，便答应在南京给女儿女婿举办婚典，苏轼因公务缠身不能去南京，派长子苏迈到南京协助苏辙办理其侄女的婚事，就这样文同小儿子文务光的婚礼在南京风风光光地举行了。

远在汴京的文同得知此消息，很是高兴，在京城置办了几桌酒席，邀请来自己的朋友及同僚举行了象征性的婚典仪式。

十月十七，朝廷官诰文同以判登鼓院、司封员外郎集贤校理身份知湖州（浙江湖州）。

深秋，虽不像夏天那样生机盎然，更不像冬天那样粉妆玉砌，但是也有独特的美。即将再度离开京城的文同望着秋日的夕阳，慢步走向一座高台，凝视京城的万千秋景，回顾着曾经的历历往事，感到心潮澎湃、百感交集。今天自己将要离开这座古城，奔向新的征程了，即使处江湖之远也会效忠朝廷、效忠皇上，为民请命。即便是走遍海角天涯，对国家的忠心也永远不会变。

此时西边红红的太阳将要落山，收起了它平日里强烈的光芒，天边出现一片红霞。文同望着西边的天空，慢慢走下高台，向住处走去。

回到家里，文同看到了苏轼的来信，苏轼向文同调任湖州表示祝贺，并告知文同，自己欲乞宣城（安徽宣城），该城与湖州相临近，希望能与文同同行并共同商讨行走路线。

文同向朝廷上交《湖州提转先状》：“已蒙便道，即此提封之下。”文同将自己的出行日期路线告知朝廷，朝廷据此给各地驿馆发接待文诰。

苏辙从南京寄诗《送文与可知湖州》：

连持梁洋印，久作溪山主。
深知为郡乐，但畏买茶苦。
来归天禄阁，坐守登闻鼓。
九重未明入，百辟盈庭舞。
城南独归卧，心事谁当语。
旧闻吴兴胜，试问天公取。

家贫橐装尽，岁莫轻帆举。
苕溪净多石，弁岭瘦无土。
湖藕雪冰丝，山茶泼牛乳。
香粳饭玉粒，鲜鲫鲙红缕。
宫开水精洁，人寄画屏住。
俗吏自难堪，诗翁正当与。
从来思清绝，况乃病新愈。
团团肘后丹，皛皛胸中素。
高卧镇夸俗，清谈静烦诉。
应笑杜紫微，湖亭但狂顾。

文同看后很是高兴，对夫人李氏说：“咱们亲家翁苏辙可是个有心人，给我写了这么长的一首诗祝贺哩，哈哈哈！”

李氏回答道：“亲家翁和你是志趣相投，都爱写写画画，棋逢对手，将遇良才。到湖州你们相距近了，可以经常在一起交流！”

腊月二十，汴京下了一场雪，缓解了中原大地的干燥，文同兴奋地走出户外，漫天飞雪，玉树银花，茫茫一片，无边无际，文同看到雪中的景色壮丽无比，突然想起李白《清平乐·画堂晨起》：

画堂晨起，来报雪花坠。
高卷帘栊看佳瑞，皓色远迷庭砌。
盛气光引炉烟，素草寒生玉佩。
应是天仙狂醉，乱把白云揉碎。

文同笑着道：“应是天仙狂醉，乱把白云揉碎。哈哈哈！好大的气派。不愧是诗仙啊！”

文同望着风雪万里的天地，望着锦绣繁华的京城，心情久久不能平静，自己将要离开这里，奔赴东南。似乎一种崭新的画面出现在眼前，这皑皑白雪的天地，就是一张没有负担的白纸，就是自己将要挥笔描绘的画纸。我一定要把这张画作好，画出锦绣山河，画出五谷丰登，画出国泰民安。

元丰二年（1079），正月十五刚过，中原大地还是银装素裹，文同携家人冒着凛冽寒风向湖州前行，好友范镇、刘挚、石幼安为之送行。文同随家人徒步行走，偶尔也骑马，四五天后，行至陈州宛丘（今河南淮阳）之时，他突然感到身体不适，当即就停歇在陈州驿站休息。

小儿子文务光得知消息，带着妻子苏婉儿从南京赶到陈州。

文同躺在病床上，经郎中开药调理，不见好转，他预感到自己已迫近大去之期，便镇定地吩咐家人拿来纸笔，用颤抖不已的手勉强握笔，艰难书写，向朝廷、向好友、向儿女交代自己的后事。他写状给朝廷，推荐苏轼接替自己知湖州，他多么希望苏轼赶来陈州与自己见上最后一面啊！盼望终归盼望，时间不等人。他艰难地在纸上写下“慎言慎行”四字，要求务光一定转交给苏轼。亲人们见文同安排后事都很惊慌难过，文同安慰他们道：“死生有命，看开一点。”

第二天（正月二十一），文同要求沐浴更衣，妻子和儿子为他擦拭净身体，为他穿好官服，戴好官帽，扶他端坐在椅子上，此时他的内心世界已达到极度的平静，认为干净的身躯将要离开这个世界，生命将会在这里走到尽头。遗憾的是给皇上的承诺还没实现，遗憾的是失信于湖州百姓对自己的莫大期盼。忽然一阵疲乏袭来，文同感到了困顿，他微笑着示意亲人们离开，说自己要静下来做一番思考，待亲人们离开后，一代墨竹宗师，两袖清风廉吏，文同安详地合上了眼帘。

文同用生命的海拔，镌刻苍茫与图腾去了，永远地去了。

第三十二回　尾声

文同病逝后，装殓停柩于宛丘驿馆中，长子朝光、次子葆光、三子垂光均在蜀中，只有从南京赶来的小儿子务光差人向朝廷、向亲友报丧。

苏轼得到噩耗，当即泪如雨下，写下《祭文与可文》：

> 维元丰二年，岁次己未，□□□□朔，五日甲辰，从表弟朝奉郎、尚书祠部员外郎、直史馆、权知徐州军州事骑都尉苏轼，谨以清酌庶羞之奠，致祭于故湖州文府君与可之灵曰：
>
> 呜呼哀哉，与可能复饮此酒也夫？能复赋诗以自乐，鼓琴以自侑也夫？呜呼哀哉。余尚忍言之。气噎悒而填胸，泪疾下而淋衣。忽收泪以自问，非夫人之为恸而谁为乎？道之不行，哀我无徒。岂无友朋，逝莫告余。惟余与可，匪亟匪徐，招之不来，麾之不去，不可得而亲，其可得而疏之耶？呜呼哀哉。孰能惇德秉义如与可之和而正乎？孰能养民厚俗

如与可之宽而明乎？孰能为诗与楚词如与可之婉而清乎？孰能齐宠辱、忘得丧如与可之安而轻乎？呜呼哀哉。余闻讣之三日，夜不眠而坐喟。梦相从而惊觉，满茵席之濡泪。念有生之归尽，虽百年其必至。惟有文为不朽，与有子为不死。虽富贵寿考之人，未必皆有此二者也。然余尝闻与可之言，是身如浮云，无去无来，无亡无存。则夫所谓不朽与不死者，亦何足云乎？呜呼哀哉。

苏轼悲痛欲绝，即刻准备从徐州赶往陈州吊唁，突然接到朝廷快报，要他在一月之内做好徐州任上交接工作，接替文同赴湖州任，他无法亲往悼念，便委托弟弟苏辙携家人一同前往，待亲人们齐聚陈州时，时间已过去了一个多月。

元丰二年（1079）三月，苏轼罢徐州任，接替文同出任湖州知府。四月二十日苏轼抵达湖州任所。他虽然到达新的知府任，但他牵挂文同的后事，知道文同“举家无长物”，没有经费操办丧事，为了让好友叶落归根，魂归故里，苏轼四处联络，请求朋友资助，但文同一家几十口要将文同棂柩从陈州运到盐亭永泰，行程近两千里，要跨江过河，翻山越岭，一路花销太大了，但是苏轼、苏辙二兄弟努力筹措经费，同时整理着文同与自己往来的书信诗文画作。真正体现了挚友的生死情谊。

苏轼到湖州上任后，给朝廷上书《湖州到任谢表》，在表中，他写道：“陛下知其愚不适时，难以追陪新进，查其老不生事，或可牧养小民。”说自己愚拙，不能适应先进，年老无用，只能做些地方小吏。表达了自己对新法的不满。这句话得罪了新党，本来朝廷新党对苏轼就十分仇恨，加之皇上接受文同的建议，让他担任名邦湖州之职，更加引起新党嫉恨，所以尽情发挥、小题大做。被监察御史何正臣、舒亶及御史中丞李定弹劾为“愚弄朝廷，妄自尊大”，诬陷苏轼讽刺新法，汇报给神宗，神宗大怒，诏令谏院将苏轼押送御史台（即乌台）审问，这就是历史上有名的“乌台诗案”。

就这样苏轼沉浸在对好友的怀念中，为护送文同棂柩回故乡筹措经费的奔忙中，危险悄悄降临到了他头上。在乌台审问后，朝廷新党一千多名官员上书神宗皇帝，要求将苏轼处死。

苏辙、张方平、范镇等众亲友得知消息，通过各种渠道大力救援，搬动曹太皇太后出面干预，苏轼才逃过这场生死大劫，苏轼被羁押在监狱长达四个多月，十二月二十九日出狱，他被连削两级官职，责受黄州团练副使。所以筹款护送文同棂柩回故乡之事遥遥无期。

备受“乌台诗案”牵连责罚的有王诜、苏辙、李清辰、张方平、司马光、范镇、刘挚等二十二人，因文同已死，未受责罚，但朝廷“不再抚恤其亲”，所以文同棂柩滞留异地，魂归故乡已无有指望。

文同的儿子、女儿、女婿胆小怕事，怕苏轼牵连到父亲文同，就在苏轼入狱期间，各自赶回彭州、洋州，将文同与苏轼、苏辙间来往的书画诗文毁损、烧掉。

“乌台诗案”并未影响苏轼对文同的友谊，他出狱后，痛定思痛，终于明白文同对当时险恶政治形势的认识是多么清醒，对自己的关心爱护是多么无微不至，那反复叮嘱的话语，那临终用颤抖的手写就的“慎言慎行”是何等用心。此时此刻苏轼双手捧着条幅，两眼落下了感动的泪水。

元丰三年（1080），苏轼到达陈州祭奠文同，他与随后赶来的苏辙一道商定了运送文同棂柩回乡的事宜。二月一日，苏轼到达黄州任所，写信安慰侄子侄女，他希望务光放宽心情，多吃点饭，保重身体。由于兄长们均在外地，只有文务光守护着棂柩。五月，文务光扶文同丧至黄州，准备起船西行，苏轼再作悼文《黄州再祭与可文》。随后，乌篷船载着文同的棂柩溯江而上，过三峡，转陆路，历时一个多月，一代廉吏、艺术大师终于魂归故里。由于棂滞一年半未回故乡入土为安，文务光只好将装殓父亲白骨的灵柩停放在故里祠堂，等待长兄们商议后择日下葬。

元丰八年（1085）三月，神宗皇帝驾崩，年仅十岁的哲宗即位，改国号元祐，元祐元年，王安石、司马光相继去世，旧党重新得势，苏轼被召回朝，在京师观文同遗作，写下《书文与可墨竹并叙》，称文同诗、辞、书、画为“当世四绝”。

元丰八年（1093），苏轼还朝任端明殿学士，翰林侍读学士，成为帝王之师，八月作《跋与可纡竹》，并将其摹本送玉侧官（负责雕刻天子祭祀时用的玉册铭文）祁录，请他将文同的《纡竹图》刻石。“以为好事者动心骇目诡特之观，且以想见亡友之风节，其屈而不挠者，盖如此云。”

元祐九年（1094）哲宗亲政，重新启用新党，夺司马光谥号，苏轼作为旧党要员，被贬英州（广东英德），再贬惠州（广东惠州），又贬昌化军（海南儋州）。

这年二月五日，文朝光、文葆光终于得到皇命，安葬父亲文同的棂柩于梓州永泰县新兴乡新兴里（今盐亭县永泰乡文同村）北桥山下。

因为苏轼、苏辙同遭谪，“有罪”之身无法前往悼念；

因为文同廉洁，才致其后人无财力及时将文同棂柩运回故乡安葬，让其棂滞异乡；

因为文同和苏轼、苏辙是好友加亲戚，才受“乌台诗案”牵连；

因为皇帝驾崩，臣子不能与之同丧；

因为小儿子文务光去世，儿子不能与父同丧；

因为朝廷中人士变迁太大，直到苏轼安顿下来，才向朝廷请命安葬文同遗骨。十五年后，文同遗骨才得以柩葬故里。